येनपक कथा और अन्य कहानियाँ

1 जनवरी 1982 को मुज़फ़्फ़रपुर में जन्मी और केरल में रह रही अनामिका अनु को भारत भूषण अग्रवाल पुरस्कार (2020), राजस्थान पत्रिका वार्षिक सृजनात्मक पुरस्कार (सर्वश्रेष्ठ कवि, प्रथम पुरस्कार, 2021), रज़ा फेलोशिप (2022) और 'महेश अंजुम युवा कविता सम्मान' (केदार न्यास, 2023) प्राप्त है। अब तक उनकी प्रकाशित पुस्तकों में सम्मिलित हैं – *इंजीकरी* (काव्यसंग्रह), *यारेख : प्रेमपत्रों का संकलन* (सम्पादन), *केरल से अनामिका अनु : केरल के कवि और उनकी कविताएँ* (सम्पादन), *सिद्धार्थ और गिलहरी* (के. सच्चिदानंदन की इक्यावन कविताओं का हिन्दी अनुवाद) और *अर्द्धसत्यों का पूर्ण कवि* (अशोक वाजपेयी पर एकाग्र) और मोक्षगुंडम विश्वेश्वरैया पर मोनोग्राफ। सभी किताबें पाठकों और साहित्यकारों द्वारा ख़ूब सराही गईं। उनकी रचनाओं का अनुवाद पंजाबी, मलयालम, तेलुगू, मराठी, नेपाली, उड़िया, गुजराती, असमिया, अंग्रेज़ी, कन्नड़ और बांग्ला भाषाओं में हो चुका है। एमएससी (विश्वविद्यालय स्वर्ण पदक) और पीएच डी (इंस्पायर अवॉर्ड, डीएसटी) डॉ अनामिका अनु की रचनाएँ देशभर की सभी प्रतिष्ठित पत्र-पत्रिकाओं और मीडिया में देखने, पढ़ने और सुनने को मिलती हैं। उनसे सम्पर्क करने के लिए ई-मेल आईडी है : anuanamika18779@gmail.com.

येनपक कथा

और

अन्य कहानियाँ

अनामिका अनु

MANJUL

मंजुल कथाकार

मंजुल पब्लिशिंग हाउस का इम्प्रिंट

MANJUL
मंजुल कथाकार
मंजुल कथाकार, मंजुल पब्लिशिंग हाउस का इम्प्रिंट है
कॉरपोरेट एवं संपादकीय कार्यालय
• द्वितीय तल, उषा प्रीत कॉम्प्लेक्स, 42 मालवीय नगर, भोपाल-462 003
विक्रय एवं विपणन कार्यालय
• सी–16, सेक्टर 3, नोएडा, उत्तर प्रदेश, 201301
वेबसाइट : www.manjulindia.com
वितरण केन्द्र
अहमदाबाद, बेंगलुरू, कोच्चि, कोलकाता, चेन्नई,
हैदराबाद, मुम्बई, नई दिल्ली, पुणे

यह संस्करण मंजुल कथाकार में मंजुल पब्लिशिंग हाउस द्वारा 2025 में प्रकाशित

ISBN 978-93-5543-750-1

टाइपसेटिंग : डीजीअल्ट्राबुक्स प्रा. लि., नई दिल्ली

मुद्रण व जिल्दसाज़ी : गोपसंस पेपर्स प्राइवेट लिमिटेड

अनामिका अनु के लेखन के लिए प्रशस्तियाँ

अनामिका अनु जितनी अच्छी कवि हैं उतनी ही अच्छी कहानीकार हैं। उनकी कहानियों की भाषा काव्यात्मक है और उनकी कल्पना में पद्य जैसी लय है। उनमें अपनी कहानियों के लिए नये महत्त्वपूर्ण संदर्भों का अन्वेषण और सृजन करने की दुर्लभ क्षमता है और वह गहरी अंतर्दृष्टि के साथ मानवीय परिस्थितियों में उतरती हैं। उनकी कहानियों का नेरेटिव बेहद महीन है और यह कविताओं की तरह बुना गया है, एक ऐसी तकनीक जो हिंदी कहानियों में दुर्लभ है। अनु पहले से ही हिंदी में एक दुर्लभ प्रतिभा संपन्न कवि के रूप में स्थापित हैं और मुझे यकीन है कि हिंदी कथा साहित्य के पाठक भी उनका उतने ही उत्साह के साथ स्वागत करेंगे। मैं उन्हें शुभकामनाएँ देता हूँ।

—के. सच्चिदानंदन
28 जनवरी 2025

अनामिका अनु का कथा संसार वैयक्तिक संबंधों की टूटन (ब्रेक अप) और वैचारिक रिश्तों से मोहभंग (डिसेंचैंटमेंट) की मार्मिक और देर तक सोचने

को विवश करती कहानियों का विविध संसार है। यह एक निश्छल, प्रबुद्ध और संवेदनशील स्त्री की चेतना में कई परतों पर एक साथ घटित होती उस दहशतनाक 'डिस्टोपिया' की कहानियाँ हैं, जो आज के समय के दारुण सच को बहुत कोमलता और बारीकी के साथ उजागर करती हैं और फिर देर तक उनकी अनुगूँज कभी उदास, कभी चिंतित और कभी संबंधों को नए सिरे से देखने की आँख देती हैं। ये कहानियाँ दिमाग़ी या बौद्धिक (सेरिब्रल) और मांसल या दैहिक (सेंसुअल) आसक्ति की खाद से पनपने और फलते-फूलते स्त्री-पुरुष के बीच 'प्यार' की सामान्य अवधारणा को जहाँ एक तरफ तहस-नहस करती हैं, वहीं दूसरी तरफ ऐसी भी कहानियाँ हैं, जो प्रेम को गहरी मानवीय सघनता के साथ मुक्ति (लिबरेशन) का माध्यम बनाती हैं। एक प्रकट पौरुष समाज में स्त्री जीवन के दुर्निवार अकेलेपन, अवबोध, अनुभव की महत्त्वपूर्ण कहानियाँ। एक तरफ रेचल और बेंजामिन और दूसरी ओर मालविका और सूरज के बीच संबंधों के दो छोरों में, टूटता-तिड़कता रिश्ता, एक पराभूत स्त्री संसार की बेचैन करती कहानियाँ हैं।

लेकिन इस संग्रह में ऐसी भी कहानियाँ हैं जो अनामिका अनु के रचनात्मक दायरे को विस्तृत करती हैं। कुछ ऐसी कथाएँ, जिनमें किसी लोक-गाथा जैसा जादू पैदा होता है। वस्तुएँ और पात्र एक-दूसरे में विलीन या परिवर्तित होते हुए किसी ऐसे रूपक में बदल जाते हैं, जिनमें आज के समय और यथार्थ का संकेत होता है।

जब आप इस कहानियों की किताब को पढ़ना शुरू करें तो अनामिका अनु की एक विलक्षण रचना 'येनपक कथा : बूढ़ा छातेवाला' ज़रूर पढ़ें। इसमें वही जादू है, जिसे हर रचना हासिल करना चाहती है :

> 'बूढ़ा छाते वाला झील हो गया, उसका देह झील का पानी। सुनहरे बालों वाली लड़की की हर कोशिका मछली बन गई जो उम्र भर झील

में समाई रही। छाते, गोबरछत्ते बन गए और मूर्तियाँ बाँस-वन के जीव। स्त्रियों की आँखों से निकले आँसू की लड़ी कोप्पू के फूल...'

—उदय प्रकाश,
27 फ़रवरी 2025

अन्तर्भूत कविता को पकड़ती जीवानासिक्त कहानियाँ

कहते हैं हर व्यक्ति अपने आप में कहानी होता है : यह भी कहा जाता है कि हर व्यक्ति के पास कहने को कम-से-कम एक कहानी ज़रूर होती है। पर सब अपनी कहानी कह नहीं पाते। संसार आदिकाल से कही जा रही कहानियों का एक बड़ा संग्रह है पर वह उससे कई गुना न कही गई कहानियों का संचय भी है। शायद मनुष्य ही वह एक मात्र प्राणी है जो कहानी कह सकता है। शायद अपनी कहानी कहकर कोई भी अधिक मनुष्य हो जाता है। जो अपनी कहानी कह पाते हैं वे अक्सर अपनी कहते-कहते दूसरों की कहानी भी कह जाते हैं।

अनामिका अनु की कहानियों का पहला संग्रह है। इससे पहले उनका पहला कविता संग्रह कुछ वर्ष पहले प्रकाशित हो चुका है। उनकी कविता में भी एक तरह की आख्यानपरकता है : वे कई बार कविता में कहानी कहती हैं। उनकी कहानियों में इसी के अनुरूप कविता है- कई बार प्रगट, कई बार अन्तर्ध्वनित या अन्त:सलिल। उनके चरित्र साधारण लोग हैं : पर वे उनके संबंधों में, उनके संघर्षों और द्वन्द्वों में, उनके सहज जीवनयापन में जो कहानी छुपी है उसे तो कहती ही हैं, उसमें अन्तर्भूत कविता को भी पकड़ती हैं। इसलिए ये प्रचलित कहानियों और उनके शिल्प से अलग हैं। वे एक कवि-कथाकार की कहानियाँ हैं। उनमें गहरा लगाव है तब भी जब वे अलगाव की स्थिति का सामना कर रही होती हैं। उनका मर्म हमेशा ही

जीवनासिक्त और जिजीविषा से जुड़ा है और उसी से दीप्त होता है। उनमें कई बार एक मानवीय संबंध है, फिर वह प्रेमियों, पति-पत्नी, माँ-बेटी आदि के बीच का हो : उसी की कहानी होती है जिसमें परिवेश, समाज, समय, प्रकृति सब आते-जाते हैं। कई बार लगता है कि इसका शिल्प लोककथाओं जैसा है जिसमें संभव और असंभव के बीच कोई दूरी नहीं होती है और यथार्थ देखा-भोगा उतना नहीं होता जितना रचा यथार्थ।

इन कहानियों की कथा-भाषा में बीच-बीच में ऐसी पंक्तियाँ आती हैं जो प्रसंग का एक तरह की सूक्ति जैसा साधारणीकरण करती हैं और उसे आभासिक्त कर देती हैं। कुछ उदाहरण देखें :

> राग-रौशनी से विराग-छाया तक की दूरी नाप चुका वह बूढ़ा वैरागी, प्रेम से स्थायी कुछ भी नहीं, न यह ब्रह्मांड, न इस जड़-चेतन की उपस्थिति, न ही समय की व्याप्ति, हमारा डर, हमारी शंका कितने दुःखों को निमंत्रण देती है मगर चाहकर भी प्रेम की विदाई नहीं कर पाती
> सिंदूर में कोई जादू होता है, नन्हीं चिड़िया को
> गुरु -गंभीर-देवता बना देता है
> वह बाँस थी बस एक बार फूली और फिर समाप्त
> रोटी कहाँ पटक दे किसको, कौन जानता है?
> रोटी से बड़ा विस्थापक और सम्मोहक कोई दूसरा नहीं, उसी की चलती है। लोग कौन-कौन से पाप-पुण्य नहीं करते इसे पाने के लिए!

आधुनिक हिंदी में जयशंकर प्रसाद, अज्ञेय, नागार्जुन मुक्तिबोध से लेकर रघुवीर सहाय, कुंवर नारायण, श्रीकांत वर्मा, विनोद कुमार शुक्ल, प्रभात त्रिपाठी, रमेशदत्त दुबे, प्रयाग शुक्ल, रमेशचन्द्र शाह, ध्रुव शुक्ल, उदयन वाजपेयी आदि कवि-कथाकारों की एक समानान्तर परंपरा बनी है।

अनामिका अनु इस परंपरा में सार्थक ढंग से शामिल हो रही हैं। इस बढ़त का स्वागत है।

—अशोक वाजपेयी
नई दिल्ली, 30 दिसंबर 2024

ये कहानियाँ दरअसल मर्मस्पर्शी चित्र हैं

ये कहानियाँ कोमल भावनाओं, भोले विश्वासों, गहरी आस्थाओं और ख़ुरदुरी सचाइयों के बीच संवाद और आवाजाही की कहानियाँ हैं। रिश्तों से परिभाषित प्रेम के वलय भी हैं यहाँ और ऐसे परिभाषा-वलयों से बाहर जाने को छटपटाते प्रेम के पल भी। बेटे-बेटी के साथ रिश्तों के उतार-चढ़ाव के चित्र भी हैं और किसी फेरीवाले की यादों की झील में तैरती कसक की मछलियाँ भी।

ये कहानियाँ दरअसल मर्मस्पर्शी चित्र हैं कुछ स्मृति-क्षणों के, जिन्हें अनामिका अनु ने अपने उसी विशिष्ट, भावप्रवण मुहावरे में ही रचा है जो उनकी रचनात्मकता की पहचान बनता जा रहा है।

—पुरुषोत्तम अग्रवाल
19 जनवरी 2025

स्मृतियों में घर बना लेने वाली कहानियाँ

अनामिका अनु की इन कहानियों में लोककथाओं वाली सादगी और आश्चर्य है। वो अपने एकदम आसपास के जीवन की साधारण घटनाओं और चीजों में अंतर्निहित असाधारणताओं को दर्ज कर लेती हैं।

इन कहानियों में अद्भुत पठनीयता और हमारी स्मृतियों में घर बना लेने की क्षमता है।

—राजेश जोशी
21 फरवरी 2025

अनामिका अनु की ये कहानियाँ चरित्र की उठान, कथा-तंतु की चुस्त बुनावट और सजग परिवेश-चित्रण के कारण तो याद रखी जाएँगी, प्रकृति और जीवन-जगत के सामान्य अवयवों की असाधारण काव्यात्मक द्युति और स्पंदन के लिए भी- ककड़ी, खीरा, काला नमक, लू, रिक्शा, गुलाबी टाइल , मछली - भात और स्त्री- पात्रों की ख़ामोश मनौतियाँ, बगावतें, संकल्प- कोश इन्हें अनूठा बनाते हैं!

—अनामिका
2 फ़रवरी 2025

गद्य में लिखी कविताएँ

प्रेम की दुनिया बाहर से जितनी आसान दिखाई देती है भीतर से वह उतनी ही कठिन व दुर्वह होती है। इस दुनिया में जो तलवार की धार पर धायेगा वह असाधारण प्रेमी होगा। उसकी यातना भी असाधारण। अनामिका अनु की ये कहानियाँ इसी गहरी जड़ों वाले प्रेम की कहानियाँ हैं। ये एकान्तिक नहीं बल्कि प्रेम के विस्तृत फैलाव की कहानियाँ है। "येनपक कथा बूढ़ा छाते वाला" कहानी में यह बख़ूबी है। जहाँ खिलौने खेलते कूदते बच्चों में तब्दील हो जाते हैं तो बूढ़ा छाते वाला झील में। "काली कमीज़ और काला कुर्ता"

प्रेम के बारीक रेशों से बुनी मार्मिक कहानी है। कुछ है जो इतना अनकहा है, कुछ है जो इतना कहा है। इस कहे और अनकहे के बीच जिए हुए की कहानी है यह। यहाँ जो घटता है वह दिखता नहीं, जो दिखता है वह दिखाने से ज्यादा छुपाने का जतन है। कहानीकार के शब्दों में जो ज़बरदस्ती भुलाने की कोशिश की गई वह एक दूसरे की सुंदर उपस्थिति थी।

"मछली का स्वाद" अलग तरह की कहानी है। ...लगा वह भी मछली हो गई है। पोखर से निकाल कर माटी पर पटकी गई चेल्हवा मछली। राख में लपेटी। हाँसु से छिली और चाँदी सी देह कटकर, पककर खत्म घोर गरीबी के बीच से उपजी गहरी संवेदना व मानवीयता की कहानी है यह। "मछली न खा पाने के दुख से बड़ा एक और दुख उसके भीतर जन्म ले चुका है।"

"ग्रीन विलो" प्रेम में छले जाने की यातना से युक्त कहानी है। टूटी हुई बिखरी हुई मालविका एक बारगी चाहे बाँस की तरह सिर्फ़ एक बार फूलकर समाप्त महसूस करती हो लेकिन अद्भुत साहस, धैर्य और नई सोच के साथ सूरज से अलग अपनी एक विशिष्ट पहचान बनाती है। "अम्फान, अमलतास और आत्मा" एक स्मृति कथा है। कहानी में प्रसून की स्मृति प्रभा की काया के साथ एकमेक हो जाती है। स्मृति में काया या काया में स्मृति। इतने प्यार से स्वयं को आज तक उसने कभी नहीं थपथपाया था। " स्मृति के कोमल से तंतुओं से बुनी हैं ये कहानियाँ।

अनामिका अनु की ये कहानियाँ यातना से आप्लावित हैं, चाहे वह प्रेम हो या गरीबी। यह यातना चौतरफ है, लेकिन इनके भीतर एक गहरी संवेदना व मानवीयता है। खास बात इनकी भाषा में एक जादुई आकर्षण है। ये कहानियाँ इतनी सघन हैं कि पाठक एक साँस में पढ़ता चला जाता है एक कविता की तरह। असल में तो ये गद्य में लिखी कहानियाँ नहीं कविताएँ हैं।

—सत्यनारायण

10 जनवरी 2025

रुक्ष यथार्थ की मुलायम कहानियाँ

अनामिका अनु की कहानियाँ बहुत सारे संकेतों से भरी कहानियाँ हैं। उनके पास बहुत सक्षम, समृद्ध और संप्रेषणीय भाषा है जिसके सहारे वे अतिरिक्त वर्णनात्मकता में उलझे बिना अपनी कहानियाँ इस तरह गूंथती हैं कि उनके मंतव्य स्पष्ट हो उठते हैं। इन कहानियों में प्रेम है, कामना है, प्रेम के नाम पर मिलने वाला धोखा है और जीवन का वह ठोस अनुभव है जो अंततः इन कहानियों को और इनके किरदारों को एक नए मोड़ तक ले जाता है। अपनी बुनावट में ये कहानियाँ पहली नज़र में रोमानी जान पड़ती हैं, लेकिन यह समझने में ज़्यादा समय नहीं लगता कि अपनी तरल और मुलायम शैली के बावजूद बहुत रुक्ष यथार्थ को ये अनदेखा नहीं रहने देतीं- इनमें वृद्ध कामनाओं पर तीखा कशाघात मिलता है, प्रेम में बरती जाने वाली उपेक्षा के प्रति एक तिरस्कार भरी उपेक्षा मिलती है और अंततः यह सीख भी कि जीवन ऐसी उपेक्षाओं से कहीं बड़ा होता है। अनामिका अनु चुप्पियों के मायने समझती हैं, उन अंतरालों को पहचानती हैं जिनके बीच कोई रिश्ता अँखुआता या फिर मुरझाता है। संग्रह में ऐसी कोमल कहानियाँ भी हैं जो काले कुर्ते या काली कमीज़ की मार्फ़त अनकहे रह जाने वाले प्रेम के बीच बनती है। कुछ कहानियों में लोककथाओं वाला स्पर्श मिलता है जो यथार्थवाद की शुष्क प्रविधि के बाहर इन कहानियों को अलग सी संप्रेषणीयता देता है। कविताओं के बाद कथा-संसार में इस हस्तक्षेप के लिए अनामिका अनु को साधुवाद।

—प्रियदर्शन

12 जनवरी 2025

अनामिका अनु की प्रतिभा कहानियों में न केवल सटीकता और संक्षिप्तता जोड़ती है बल्कि कहानियों में प्रेम और आसक्ति की निर्मिति और ध्वंस के मानवीय अनुभवों को अंतराल और ठहराव के साथ प्रतिबिंबित भी करती है।

स्वप्न जैसे दृश्यों से लेकर लैंगिकता और अतिक्रमण की क्रूर और निर्भीक सचाइयों तक घूमती इनकी कहानियाँ स्त्रियों की इच्छा, पीड़ा और पितृसत्तात्मक-नैतिकता के पाखंड की जटिलताओं को चित्रित करने में आश्चर्यजनक रूप से ईमानदार हैं। अनु हमें भावुकता से आध्यात्मिकता, ऐंद्रिकता से पवित्रता, व्यक्तिगत से सामाजिकता के काव्यात्मक मिलन का अनुभव करने के लिए आमंत्रित करती हैं। इस्मत चुगताई, मृदुला गर्ग और मंटो की तरह, अनु की कहानी में गहरी काव्यात्मकता है। पहचान और कामनाओं की स्वप्निल खोज है। ये कहानियाँ शुद्ध ऐंद्रिकता और प्रश्नांकित पवित्रता को गूँथकर बनाई गई हैं। उनके मानसिक एकालाप का उपयोग विशेष रूप से उल्लेखनीय है क्योंकि यह उनके पात्रों के आंतरिक जीवन को मुखर करता है और उनके अनुभवों को पूरी वास्तविकता के साथ प्रस्तुत करता है।

—अश्विनी कुमार, प्रोफेसर और कवि, *मैप ऑफ़ मेमोरीज़* के लेखक

21 जनवरी 2025

प्रिय पंकज, पियाली और लीया के लिए...

एक लड़की के लिए जो मेरे लेखकीय जीवन का 'आ' है।

'अना का आ'

मेरे लिए कहानी लिखना

मेरे इस संग्रह की सभी कहानियाँ, वास्तव में अर्थ के लिए तड़पती अधूरी पंक्तियों और चूक गए शब्दों की कहानियाँ हैं। मेरे लिए कहानी लिखना दृश्यों को बुनना है और उन्हें सलीके से जोड़ना भी। फिर मैं उन्हें स्मृतियों की बेंत पर तंबू जैसा खड़ा कर देती हूँ किसी निर्जन घाटी में जुगनू की जगमगाहट के बीच एक कलकल बहती नदी के ठीक बगल में। तंबू जो जगह घेरता है, वह रिक्त जगह मेरी विस्मृतियों का प्रतिनिधित्व करती है। इसी जगह पर मेरी कल्पना हवा बनकर बहती, घुमड़ती है। मेरे विचार और दर्शन इस तंबू में बिछौने-सा बिछ जाते हैं और मेरा मन उसी एकांत में स्वयं से साक्षात्कार करता है। कहानियाँ कहना स्मृतियों को आमंत्रण देना है, स्मृति और कल्पना के बीच संवाद करवाना है। सच और असत्य के बीच समझौते का मसौदा तय करना है। यह ईमानदारी और स्वयं को ख़ूब ठगने के बीच का रास्ता है। जो भी कहानी में लिखा जाता है वह लेखक के लिए भले ही अफसाना हो मगर दुनिया में कहीं, किसी-न-किसी के जीवन का अकाट्य सत्य होता ही है। यह काग़ज़ पर घटित होने वाला सबसे बड़ा करिश्मा है। बिना जाने, बिना देखे किसी के सत्य को इस तरह से उद्घाटित कर देना सच में जादू ही तो है ...बस इसलिए कभी कोई कहानी झूठी नहीं होती। यह सच का आख्यान है। लेखक

की कल्पना और झूठ भी किसी-न-किसी व्यक्ति का यथार्थ और सबसे बड़ा सच होता ही है। यह मेरा पहला कथा-संग्रह है और आशा है कि यह आपको निराश नहीं करेगा।

—अनामिका अनु

मेरी अट्ठारह कहानियाँ

1
येनपक कथा : बूढ़ा छाते वाला

बारिश से ठीक पहले वह आता था। डगमग-डगमग करते, संभलते-संभालते दर्जनों छाते पीठ पर लादे। वही एक था जो इतने रंग-बिरंगे बाँस और पत्तों के छाते बनाता और बेचता था। वह छाते सिर्फ़ और सिर्फ़ स्त्रियों को बेचता था। छतरियों के बंडल के साथ वह एक झोला भी अपने दाएँ कंधे पर लटकाए रहता था। जो स्त्री उसका मन मोह लेती थी, उसे वह छतरी के साथ पत्थर के चिकने सुंदर खिलौने भी देता था।

जिन्हें भी वे खिलौने मिले, उन्हें सुंदर स्वस्थ शिशु सालभर के भीतर प्राप्त हुए। उसने कभी अविवाहित युवतियों को नहीं बेची अपनी छतरियाँ, न ही उन्हें कभी उपहार में दिए कोई खिलौने।

छाते को पहाड़, झील और जंगल वाले 'येनपक' कहते थे और उस छोटे से प्यारे आदमी को येनपक वाला जादूगर। जादूगर इसलिए कि हर स्त्री के मन में वह बस सा गया था, सबके पति 'येनपक वाला' कहकर अपनी-अपनी पत्नियों से मनोहार करते थे।

स्त्रियाँ बारिश के उतरने से पहले उसका इंतज़ार शुरू कर देती थीं। कितने भी पैसे दे दो, वह पुरुषों को छाते नहीं बेचता था। वह कहता था, 'भीम देव बारिश लाते हैं और स्त्रियों से बहुत प्रेम करते हैं। वे बड़े नटखट हैं और उन्हें स्त्रियों से फुहारों वाली ठिठोली करना ख़ूब भाता है। स्त्रियों के ख़रीदे छाते टूट न जाएँ, पुराने न हो जाएँ इस चिंता में भीम ज़रूरत से ज्यादा बारिश नहीं करते और जंगल-पर्वत-पहाड़ डूबने से बच जाते हैं। पुरुषों की ख़रीदी चीज़ों का कोई मोल नहीं भीम के सामने। पुरुष का वश चले तो वे अपनी पत्नियों को भी जुए के दाँव पर लगा दें फिर दूसरी चीज़ों को वे कितना महत्त्व देंगे, ज़रा सोचो?'

स्त्रियाँ जतन से बुनती या ख़रीदती हैं छाता। वे बचा-बचा कर रखती हैं एक-एक आना और पैसे जोड़-जोड़ कर ख़रीदती हैं छाता। वह छाता जो धूप और बारिश से रक्षा करता है उनकी, उनके बच्चों की और उनके गोद में बैठे मेमनों और पक्षियों की।

लोकतक झील के पास उस बूढ़े छाते वाले का झोपड़ा था। झील के किनारे चांदनी रात में बैठकर वह पुलही बजाता था। इतना सुरीला और मधुर की अंडे धीरे-धीरे फूटते और नन्हें सुंदर चूज़े निकलकर झाँकने लगते, द्रौपदी माला की कलियाँ धीमे से चटक उठतीं, बाँस के फूल मद्धम ताल पर झरते...

झील उसकी माँ थी और बाँस के वन उसके पिता। किसी चांदनी रात में एक सुंदर टोकरी में बहता हुआ वह बाँस के वन से टकराया और सुबह एक बुझी आँखों वाली सुंदर स्त्री उसे उठाकर ले आई। भात के माड़ को पिला-पिला कर उसे बड़ा किया।

एक बार उसे एक सुनहरे बालों वाली लड़की से प्रेम हो गया। पूरे इलाके में बस उसके ही बाल सुनहरे थे। लोग कहते हैं, उसकी परदादी की माँ

अंग्रेज़ थी जिसके बाल सुनहरे थे। उस कबीले में पहली बार किसी ऐसी लड़की का जन्म हुआ था जिसके बाल सुनहरे थे। वह सबके आँखों में भगजोगनी सी भुकभुकाती रहती थी।

एक दिन वह सुनहरे बालों वाली लड़की गायब हो गई। लड़की क्या गायब हुई, लोग कहते हैं पुलही वाला वैरागी हो गया और छाते बुनने और बेचने लगा।

राग- रौशनी से विराग-छाया तक की दूरी नाप चुका वह बूढ़ा वैरागी ...

वैरागी कैसा?

उसे हर स्त्री से प्रेम था।

हर स्त्री को उससे छाँव मोलना पसंद था।

हर स्त्री को उसके नाम की उलाहना सुनना पसंद था।

हर स्त्री बारिश के आने से पहले उससे मिलना चाहती थी।

हर स्त्री पिछली बारिश से अब तक के किस्से उसे सुनाना चाहती थी और अपने जन्मे शिशु को उसे दिखाना चाहती थी।

वह हर बार एक ही स्त्री को प्रस्तर के खिलौने देता था, वह उस मौसम की माँ होती थी जो अगले वर्ष इस मौसम के फिर से आने के ठीक पहले तक लोरियाँ गाकर रात गुज़ारती थी।

वह साठ वर्षों से हर साल बारिश से पहले आता है।

वह वृद्ध हो चुका है मगर पहले से ज़्यादा सुंदर और निश्चल...

एक दिन बारिश से ठीक पहले एक और छाते वाला आया। वह बेहद सुदर्शन और युवा था। सभी स्त्रियाँ उसे घेरकर खड़ी हो गईं। उसके पास भी एक झोला था जिसमें थीं कई तरह की मूर्तियाँ और कई तरह के गहने। ढेर सारे खुडंगयाई (कंगन) और खुबोमयाई (पायलें)। उसने ख़ूब सारे छाते

बेचे और कई स्त्रियों को दी मूर्तियाँ और गहने। वह बहुत मनमोहिनी बातें करता था और उसकी मूर्तियाँ बहुत चिकनी और सुघड़ थीं।

अब किसी को बूढ़े छाते वाले की प्रतीक्षा नहीं थी। एक दिन पहाड़ियों से उतरकर बूढ़ा छाते वाला आया। उसने आवाज़ लगाई, कोई नहीं आया। सबके पास नई छतरी थी, सबने उसे अनदेखा और अनसुना कर दिया। वह लौटकर देर रात झील के पास गया। उसने भोर होने तक लगातार पुलही बजाई। आज की पुलही में कौन सा दर्द था कि अमावस्या की रात में पूर्ण चाँद निकल आया। झील में असंख्य सुनहरी मछलियाँ तैर उठीं। लगा बूढ़े छाते वाले की प्रेमिका के सुनहरे बाल चारों तरफ तैर रहे हैं। झील झिलमिला उठी।

भोर में भयंकर बारिश हुई। स्त्रियों ने अपने नये छाते निकाले वे घर से बाहर आईं और छाते धीरे-धीरे गल गए। वे बर्फ के छाते थे। स्त्रियाँ दौड़कर अपने नये खिलौने देखने गईं। वे चिकने सुंदर खिलौने गल चुके थे, वे भी बर्फ के निकले। वह नया छाते वाला काला जादूगर था...

साल भर का जोड़ा गया पाई-पाई बर्बाद...

स्त्रियाँ मूसलाधार बारिश में भीगती रहीं और अचानक सब पुलही की आवाज़ की ओर बढ़ने लगीं, वे धीरे-धीरे झील की तरफ मुड़ीं। जैसे-जैसे वे झील की तरफ बढ़ती जाती थीं वैसे-वैसे ही बारिश और तेज़ होती जाती थी। जब वे झील के पास गईं तो देखा वहाँ सैकड़ों सुंदर छतरियाँ पड़ी थीं। झील से पुलही की आवाज़ आ रही थी। दूर-दूर तक कोई नहीं था। स्त्रियों ने एक-एक छतरियाँ उठा लीं और गाँव लौट आईं। यह उनका पहला बिना मोल चुकाया गया छाता था और बूढ़े छतरी वाले के द्वारा उन्हें मिला अंतिम छाता भी।

वे छाता ओढ़कर घर की तरफ बढ़ीं, बारिश धीमी होती गई। पुलही की आवाज़ गुम होती चली गई...

स्त्रियाँ घर आकर बूढ़े छाते वाले के दिए खिलौने तलाशने लगीं, वे खिलौने भी उन्हें कहीं नहीं मिले। सब के सब विलुप्त हो गए थे। सब स्त्रियाँ आपस में एक दूसरे से हफ़्ते भर पूछती रहीं :

तुम्हारे खिलौने मिले कि नहीं?

किसी को कोई खिलौना नहीं मिला।

एक दिन गोधूली की बेला में पुराने बरगद के पेड़ के नीचे बैठकर स्त्रियाँ खिलौने के लुप्त हो जाने के रहस्यों पर चर्चा कर रही थीं कि उनकी नज़र उनके खेलते-कूदते बच्चों पर पड़ी। उन्हें उनके खिलौने मिल गए, वास्तव में वे कभी नहीं खोए थे... सभी स्त्रियाँ एकसाथ मुस्कुरा उठीं।

बूढ़ा छाते वाला झील हो गया, उसकी देह झील का पानी। सुनहरी बालों वाली लड़की की हर कोशिका मछली बन गई जो उम्र भर झील में समाई रही।

छाते, गोबरछत्ते बन गए और मूर्तियाँ बाँस-वन के जीव। स्त्रियों के आँखों से निकली आँसू की लड़ी कोप्पू के फूल...

आज भी बारिश से पहले झील के चारों तरफ गोबरछत्ते उग आते हैं जिसे हर विवाहित स्त्री तोड़ कर लाती है और अपने घर में खिलौनों की तरह सजा देती है।

उस गाँव के लोगों ने कभी भी झील में मछलियाँ नहीं पकड़ीं। बूढ़े छाते वाले की याद में बारिश के आने से ठीक पहले वे लोग रंग-बिरंगे फूल झील में बहा आते हैं। तब उन सभी लोगों के हाथों में छतरियाँ होती हैं और स्त्रियों की आँखों में होते हैं आँसू...

2

काली कमीज़ काला कुर्ता

वह हर दिन संपादकीय लिखने के बाद थोड़ी देर के लिए चश्मे को उतारकर पास की टेबल पर रख देती है। मोबाइल में बेंजामिन की सेव करके रखी गई तस्वीर को देखती है और लगातार उसकी आँखों से आँसू बहते रहते हैं। अचानक से कोई दरवाज़े पर दस्तक देता है। वह तनकर कुर्सी पर बैठ जाती है। झट से हथेलियों से आँसू को पोंछती है और टिश्यू को हाथ में पकड़े कहती है, 'कम इन प्लीज़।'

वह रोज़ समाचार सुनाता है। दुनिया भर के समाचार सुनाते वक़्त वह ख़ुद के हाल-ए-दिल से आजकल बेख़बर नहीं हो पाता है। समाचार पढ़कर निकलता है तो न्यूज़ रूम में घुसते ही बहुत-सी आँखें पूछती हैं, 'तुम आजकल काली कमीज़ नहीं पहनते?'

वह जब इस प्रश्न को अनसुना कर आगे बढ़ने की कोशिश करता है तब उसके मन में रेशम के धागे लिपट जाते हैं। हर बढ़ते कदम के साथ, वे धागे पहले से कहीं अधिक कसे और सख़्त हुए जाते हैं। मन हुक-हुककर,

सुबक-सुबककर टहक उठता है। वह बैग उठाकर बाहर आता है। एक सिगरेट धुँकता है और सीधे कार में बैठ जाता है।

उस एक रात के बाद उसकी काली कमीज़ कहीं चली गई।

क्या वह रेचल के पास चली गई। उसने उसे अपना काला कुर्ता समझकर अपने कपड़ों में रख लिया होगा।

रेचल हर दिन प्राइम टाइम देखने के लिए टीवी खोलती है। बेंजामिन की खड़ी नाक, चाँदी बाल, चाँद हँसी और कलम को थामे सुंदर उँगलियाँ उसके ज़ेहन में घुमड़-घुमड़कर शोर मचाती हैं। बेंजामिन समाचार कहता जाता है। रेचल कुछ नहीं सुनती। बेंजामिन सबकुछ कहता है–देश की ख़बरें, दुनिया की ख़बरें, हर तरह की बातें। रेचल प्राइम टाइम ख़त्म होते ही टीवी बंद कर देती है। फिर हर रात वह यही सोचते हुए गुज़ार देती है कि बेंजामिन ने काली कमीज़ क्यों नहीं पहनी?

रेचल अपना काला कुर्ता खोज-खोजकर बेहद परेशान है। ज़रूर ही वह बेंजामिन की काली कमीज़ के साथ चली गई होगी।

बेंजामिन रेचल के संपादकीय और सोशल प्रोफ़ाइल पर सूक्ष्म नज़र रखता है। वह किस मंच पर क्या बोल रही है और क्यों बोल रही है? से ज़्यादा वह इस बात से परेशान है कि रेचल ने काला कुर्ता पहनना क्यों छोड़ दिया?

रेचल सोचती है, बेंजामिन ने उससे प्रेम तोड़ लिया। वह उसके बारे में नहीं सोचता होगा। बेंजामिन समझता है कि रेचल ने उसे छोड़ दिया। वह उसके बारे में नहीं सोचती होगी।

दोनों नहीं जानते प्रेम से स्थायी कुछ भी नहीं, न यह ब्रह्मांड, न इस जड़-चेतन की उपस्थिति, न ही समय की व्याप्ति। जिससे मन जुड़ जाए, उससे

जुड़ा ही रहता है। हम आदतानुसार इस सच को नकारने के लिए सभी प्रकार के स्थूल प्रयासों में लगे रहते हैं। हम एक-दूसरे से पहले की तरह बातें करना छोड़ देते हैं। हमें लगता है जो बात करने की आदत लग गई तो घर वालों को ख़बर हो जाएगी फिर महाभारत... क्योंकि हम किसी-न-किसी के कुछ-न-कुछ तो लगते ही हैं न? इस डर से हम बात करना छोड़ देते हैं। जब बात करने का मन करता है तो छटपटाहट महसूस होती है। फिर रेचल सोचती है, *कितना निर्दयी है, मुझसे बातें नहीं कर रहा। कम-से-कम पूछ तो ले कि मैं कैसी हूँ?*

बेंजामिन सोचता है, *कल तक हर दिन इतनी सारी बातें, इतना प्यार, आज एक बार हाई (Hi) भी नहीं कहा। कोई एक दिन में ऐसे कैसे बदल सकता है?*

दोनों के प्रश्न गुज़रते दिनों के साथ अदला-बदली कर लेते हैं। वही प्रश्न रेचल के मन में उठता है जो प्रश्न कभी बेंजामिन के मन में उठता था। यह उसी सघन प्रेम की छवियाँ हैं जो दोनों में एक ही है। यह वही भावुकता और संवेदना है जो दोनों में एक-सी हैं। दोनों भिन्न कहाँ हैं ? एक ही तो हैं। प्रेम की यही तो महिमा है, रूह की ऐसी ऐंट-फेंट कर देता है कि पता ही न चले एक-दूसरे का अंश कहाँ है, एकरंगा कर देता है सबकुछ। दोनों के मन, चित्त, समझ और संवेदना को। दोनों का चित्त एक-सा हो जाता है।

जो प्रश्न रेचल के मन में उठते थे, उन्हीं प्रश्नों से आज बेंजामिन का मन बहुत भारी है।

प्रेमियों के बीच होती है–प्रश्नों की अदला-बदली। प्रेमियों के बीच होती है–चिंताओं की अदला-बदली। प्रेमियों के बीच होती है–हुक की अदला-बदली। प्रेमियों के बीच जो स्थिर रहता है, वह होता है प्रेम।

साझापन बचा रह जाता है
एक ही बारिश में दो जगहों पर भीगते हुए
एक ही आकाश तले, एक ही समय आकाश ताकते हुए
एक ही समय एक-दूसरे की खैरियत माँगते हुए
एक ही समय चाय पीते हुए
एक ही समय में अलग-अलग जगहों पर उदास होने से...
रेचल का मन बेंजामिन से कहता है :
"ऐसा करो तुम आकाश ताकना छोड़ दो
मैं बारिश में भीगना छोड़ देती हूँ
तुम उदास होना छोड़ दो
मैं चाय पीना छोड़ देती हूँ
मैं और तुम एक साथ दुआ और खैरियत माँगना छोड़ देते हैं
कुछ भी साझा नहीं बचेगा हम दोनों बीच"

दोनों आपस में अब भी बातें कर सकते तो यह उदासी और यह हुक उनके हिस्से कभी नहीं आती मगर उन्हें डर लगता है परिवार से, समाज से, धर्म-देवता से और सबसे ज़्यादा किसी बिगाड़ से।

वे प्रेम की रक्षा करना नहीं जानते। उसका गोपन-संपादन और संतुष्ट होकर पृथ्वी पर ख़ुश रह पाने का सूत्र उन्हें नहीं पता...

वह ठुड्डी पर उँगलियाँ रखकर, हथेली फैलाकर बहुत-सी बातें कहता है, वह साक्षात्कार लेता है, राजनीति पर बोलता है। वह कई रंग की फ़ॉर्मल कमीज़ पहनता है। कभी आसमानी, कभी सफ़ेद, कभी हल्की बैंगनी, कभी राख रंग की, कभी गहरी नीली और आसमानी पर नीले रंग की चेक वाली भी, कभी कोट, कभी शेरवानी, कभी-कभी जैकेट और बंडी भी। उसने भूरी कमीज़ भी पहनी जिस पर धारियाँ थीं। मगर प्रश्न फिर भी वही कि उसने काली कमीज़ क्यों नहीं पहनी?

वह आज भी तेज़तर्रार संपादक और सोशल एक्टिविस्ट है। वह साड़ी पहनती है, सलवार-कमीज़ भी, सभी रंगों की साड़ियाँ, सभी रंगों के सलवार और कुर्ते भी। वह बच्चों के अपहरण और उनके अंगों की तस्करी पर सरकार को घेरती है। वह बाल-वेश्यावृत्ति में झोंके गए बच्चियों के लिए पुलिस से भिड़ंत करती है। वह गली-गली में रतजगे कर फुटपाथ पर रह रहे लोगों के सुख-दुःख की टोह लेती है, उन तक मदद पहुँचाती है। वह सबकुछ करती है, क्या वह बेंजामिन को याद करती है? वह आख़िर क्यों नहीं पहनती काला कुर्ता?

बेंजामिन के अलमारी के नीचे की टाइल के नीचे एक काठ का डिब्बा है, जिसे वह मध्यरात्रि में खोलता है और उससे काला कुर्ता निकालकर पहन लेता है। वह आईने में ख़ुद को देखता है और भोकार पारकर रोता है। निःशब्द, मूक रूदन, मुँह फाड़कर रोता है मगर बिना आवाज़ निकाले।

रेचल की किताबों के बीच एक बड़ा सा डिब्बा है जिसके भीतरी तह के भीतर एक काग़ज़ का थैला है। सुनसान समय में वह उस थैले से काली कमीज़ निकालकर पहन लेती है।

न वह कुर्ता रेचल का है जिसे बेंजामिन ने एकांत में पहन रखा है, फिर उस कुर्ते से रेचल के देह की गंध क्यों आ रही है?

न वह कमीज़ बेंजामिन की है जिसे रेचल ने विरह के एकांत में जी सकने के लिए पहन रखा है, फिर उस कमीज़ से बेंजामिन के डियो की गंध क्यों आ रही है।

समय के पास उत्तर है, उसने देखा है :

रेचल ने अपने कुर्ते को कतरकर कमीज़ बना लिया। उस कुर्ते से बेंजामिन के डियो की गंध आ रही थी जब-जब वह गंध समय के साथ

हल्की होती गई तो रेचल ने बाज़ार से बिल्कुल वही डियो ख़रीदी और कुर्ते पर वह समय-समय पर डियो छिड़कती रहती है ताकि उसमें वह बेंजामिन वाली गंध बनी रहे। जितना जतन गंध को बचाने, कुर्ते को छिपाने में लगाती है। उससे बहुत कम जतन से वह उस अद्भुत रिश्ते को बचा सकती थी। तब शायद वह बेचैनी और पागलपन की जगह पर शांत और सुकून की ज़िंदगी जी सकती थी।

समय के पास उत्तर है, उसने देखा है :

बेंजामिन ने अपने कमीज़ में काले कपड़े जोड़कर उसे कुर्ता बना लिया है। जिस जतन से उसने पहली बार अपने जीवन में सूई से सिलाई की और जिस जतन से वह उस कुर्ते को छिपाकर रखता है उससे कम कोशिश से ही वह उस रिश्ते को बरकरार रख सकता था जिसे प्रेम की जगह और भरोसे का आश्वासन था।

मगर नहीं दोनों परेशान, पागल और बिना आवाज़ निकाले फफक-फफक कर रोते रहते हैं। कभी झरने के नीचे, कभी मसालों के डिब्बों को पकड़कर, कभी कार चलाते, कभी वॉश रूम में...

हमारा डर, हमारी शंका कितने दुःख को निमंत्रण देती है मगर चाहकर भी प्रेम की विदाई नहीं कर पाती।

जब रेचल के पति पूछते हैं, 'मैडम! आजकल आप अपना फ़ेवरेट कुर्ता नहीं पहनतीं?'

तो वह धीमे से कहती है, 'मुन्नार में खो गया।'

जब बेंजामिन की पत्नी पूछती है, 'साहब की काली कमीज़ कहाँ गई?'

तो बेंजामिन कहता है, 'मुन्नार में खो गई।'

खोया न तो रेचल का कुर्ता,
खोई न तो बेंजामिन की कमीज़,
खोया तो प्रेम भी नहीं,
जो ज़बरदस्ती भुलाने की कोशिश की गई
वह एक-दूसरे की सुंदर उपस्थिति थी

बीतते समय के साथ एकांत में बेंजामिन काले कुर्ते पर बड़ी लाल बिंदी और काली विग लगाने लगा। आईने में ख़ुद को ऐसे रूप में देखकर कभी रोता और कभी ज़ोर-ज़ोर से हँसता है।

बीतते समय के साथ रेचल ने बाल कटवाकर बेंजामिन की तरह कर लिए और उसी की तरह के कपड़े पहनने लगी।

दो सामान्य लोगों को असामान्य बनते देखकर समय पूछता है, 'क्या प्रेम को बचा पाना इससे अधिक मुश्किल था...'

दूर से आवाज़ आ रही है :

न्यूज़ रूम से मैं बेंजामिन जैकब!
आज के एडिटोरियल में मैं रेचल नेकपाल!

3
मछली का स्वाद

सड़क के किनारे बड़े से पोस्टर पर लिखा है : 'स्मॉल फ़्राई ऑफ ए शार्क'

तस्वीर में एक शार्क मछली छोटी मछली को निगल रही है।

रेवती गर्भवती है, उसने सड़क किनारे लगी होर्डिंग देखी और अपने पेट पर दाईं हथेली को कोमलता से पसार दिया।

लगन का मौसम है। बाज़ार सजा है। बाहर लाउडस्पीकर बज रहा है :

तुमसे मिलने को दिल करता है
अरे बाबा तुमसे मिलने को दिल करता है
तुम ही हो जिसपे दिल मरता है
कि तुमसे मिलने को दिल करता है...

टेम्पो में बहुत भीड़ है। कश्मकश में भी उसे एक हल्कापन और एक निश्चिंतता महसूस हो रही है। मायके जाने का सुख, तेरह महीने हो गए।

उत्साह से कलेजा फूलकर पका बड़हर हुआ जा रहा है। आँखें चिड़ियों-सी चपल। मन में मायका बजता है। इस जग-सुजान में कौन है उसका अपना? पति है मगर ससुराल तो नहीं। उसका पति राघव अनाथ है। रोने को, समझने को, सुख बताने के लिए एक जगह चाहिए होती है। दुःख बाँटने और छिपा लेने की, यह दोनों जगहें मायका ही है उसके लिए।

वह हाथ की चूड़ियाँ देखती है, उदास और पुरानी लग रही हैं, नेलपॉलिश चटक लाल है। साड़ी तो गौने वाली है। यह साड़ी उस पर ख़ूब फबती है।

वह जाकर अपनी माँ से लिपट जाएगी और अधिकार से कहेगी, 'माँ! माछ-भात खाए सालभर हो गया। बाबूजी से कहो न माछ मोल लाएँ। बनाऊँगी और सबको खिलाऊँगी। ख़ुद भी छक कर खाऊँगी।'

बीस बरस, सात महीने उम्र हो गई पर जीभ तो अब भी ललचती रहती है। बढ़िया खाना कमज़ोरी थी और अब भी है। मगर तंग हाथ और राघव की कोशिशों ने धैर्य का सुंदर पाठ पढ़ा दिया है। कपड़े-गहने, शौक-मनोरथ कौन पूछे, खाने की चीज़ों के लिए भी अधैर्य नहीं होती है रेवती। सिंदूर में कोई जादू होता है, नन्ही चिड़िया को गुर-गंभीर-देवता बना देता है।

क्या कह पाएगी माँ से वैसे ही जैसे पहले कह पाती थी।

चौक पर टैम्पो रुका।

मटकुन शाह गर्मा-गरम जलेबी छान रहा है, उसे बड़ा मन हुआ आधा किलो बँधवा ले। दस रुपये हैं पर्स में। पर्स का सिंथेटिक गोटा उखड़ चुका है। चेन भी अटकती-पटकती है। वह मन मसोस कर आगे बढ़ गई।

दालान गोबर से निपा है। पक्के का घर, पानी की टंकी, कूलर, इनवर्टर, फ्रिज, मिक्सी सब हैं मायके में।

वह संभलती, स्वयं को संभालती घर में घुसी।

माँ बैंगन काट रही थी। लपककर आई। गले लगाया। बाबूजी कमरे से बाहर आए और चौंकते हुए बोले, 'अरे! रेवती तू तो करिया गई है, हड्डी निकल गई है। खाती-पीती नहीं थी ढंग से।'

रेवती ने बाबूजी का पैर छूते हुए कहा, 'न बाबू जी! खाती थी न...'

माँ हाथ पकड़कर उसे गोसाईं घर ले गई। अरे, खोईंचा बिना आ गई। रेवती क्या कहती, खोईंचा का सामान और उसमें देने के पैसे कहाँ से लाती? पेट तो जैसे-तैसे भर रहा है।

वह मुस्कुरा कर बोली, 'लिया था, माँ। आने की हड़बड़ी में घर में ही छूट गया।'

नहा-धोकर रेवती आँगन में बैठ गई। माँ चमचमाती स्टील की थाली में दाल भरी पूरी और आलू की सब्ज़ी ले आई। रेवती ने छक कर खाया। चाची की छोटी बेटी रूपा आई और चहक बोली, 'अरे दीदी, तुम कब आईं? मेरी मिठाई कहाँ है?'

माँ ने रेवती को देखा। छक कर खाया खाना पेट में जम गया। पेट और मन दोनों और भारी हो गया।

जब रूपा चली गई, तब माँ ने उससे एक-एककर सब बातें पूछनी शुरू कीं। बगल काठ की कुर्सी पर अख़बार पढ़ रहे बाबूजी भी बात पीते रहे। आँख से आँसू बहते रहे, कथा बढ़ती रही। दुःख कहते वक़्त कलेजा फट-फट जाता था, माँ धैर्य से सब सुन रही थी, पिता भी।

सुबह मछली वाले की आवाज़ सुनाई दी। रेवती रसोई में रोटी बना रही थी, उसने लपक कर खिड़की से देखा, माँ-बाबूजी दालान में बैठे थे। पर न माँ ने मछली वाले को आवाज़ दी, न बाबूजी ने। रेवती धैर्य से रोटी बनाती रही। जब माँ-बाबूजी नाश्ता कर रहे थे तो रेवती ने बिना किसी प्रसंग के कह डाला, 'माँ! साल बीत गए, माछ-भात नहीं खाया।'

माँ और बाबूजी दोनों ने रेवती का चेहरा देखा। वह ज़मीन ताक रही थी।

माँ ने बेरुख़ी से कहा, 'हम भी कभी-कभी ही खाते हैं। रोज़ खाने की चीज़ थोड़े है। महँगी कितनी है?'

रेवती ने समझदार नन्ही बच्ची सा कहा, 'हाँ, माँ।'

रेवती गर्भ से है, सातवाँ महीना है।

एक पखवाड़े रह कर वापस लौटेगी। कोरोना में राघव को काम मिलना कम हो गया है। तंगी के कारण भर मुँह खा भी नहीं पाती है।

यहाँ मायके में हर दिन खाना पकता मगर मछली नहीं बनती।

पिता ने कहा, 'कल मछली ले आऊँ?'

माँ ने चेहरे को निर्विकार करके कहा, 'नहीं। रेवती की आर्थिक स्थिति और खराब हो चली है। कोरोना में राघव को मज़दूरी का काम भी नहीं मिल रहा। सादा-सादी खाना ही रहने दो। अच्छा खान-पान दोगे तो यहीं रह जाएगी। राघव भी आ जाएगा। अघारा-बघारा खाना देखकर उसकी आँख लग जाएगी। दुःखी बेटी को बाप-भाई के सुख से जलन होती है, आह लग जाती है।'

पिता ने गमछे से दोनों कंधा झाड़ते हुए कहा, 'ठीक है...'

हर दिन एक सब्ज़ी और दाल-रोटी-चावल पकता रहा।

साइकिल पर एल्युमिनियम की बड़ी टेगची बाँध कर रंग-बिरंगी मछलियाँ लेकर मछुआरे आते। आवाज़ लगाते। रेवती की जीभ से पानी चूने लगता। दो जीभ की लार। वह बड़ी सतर्कता से उसे घोंट लेती।

पखवाड़ा बीत गया। रेवती को हर दिन लगता मुँह खोला है तो माँ-बाबूजी जाने से पहले मछली ज़रूर खिलाएँगे। राघव उसे लेने के लिए आ

गया है। बाहर मछली वाला शोर कर रहा है, टोले-मुहल्ले की औरतें मछली मोल रही हैं। रेहु-कतला-झींगा ....

रेवती को लगा आज राघव उसे ले जाने आएँ हैं तो माँ-बाबूजी ज़रूर मछली ख़रीदेंगे। मगर न माँ ने मछली वाले को पुकारा, न बाबूजी ने मछली वाले की पुकार पर कान दिया।

खाना खाकर रेवती विदा हो गई। रास्ते भर पोखर, नदी, मछली, मायका सब याद आता रहा।

अतृप्त लौट आई रेवती।

टेम्पो में पैसेंजरों के बीच, कहीं ज़ोर-ज़ोर से गाना बज रहा है :

जानता है ना तू क्या है दिल में मेरे
बिन सुने गिन रहा है ना तू धड़कने
आह निकली है तो चाँद तक जाएगी
तेरे तारों से मेरी दुआ आएगी...

रेवती के हृदय में दूर-दूर तक माँ-बाबूजी के पक्के के घर से न ईर्ष्या है, न भाई के सुख-ठाट-बाट से जलन। बस मछली न खा पाने के दुःख से बड़ा एक और दुःख उसके भीतर जन्म ले चुका है।

यह दर्द कलेजे से हुदक-हुदक कर कंठ तक आ जाता है। आँखों के किनारे से आड़ी-तिरछी नदियाँ बहने लगती हैं।

रेवती बारहवीं पढ़ी है। बग़ल के कैफ़े में नौकरी मिल भी गई थी। काम संभालने से पहले कोरोना आ धमका। सब बंद, हर तरफ मंदी...

वक़्त तो दो-चार महीने में संभल जाएगा। दोनों जने मिलकर कमाएँगे, समय सब दिन एक सा नहीं रहता।

रेवती ने अपनी हथेली देखी, रेखाएँ अस्पष्ट, उलझी और बेतरतीब सी लगीं उसे।

लगा वह भी मछली हो गई है। पोखर से निकाल कर माटी पर पटकी गई चेल्हवा मछली। राख में लपेटी। हांसु से छिली और चाँदी सी देह कटकर, पककर ख़त्म...

**मारे चरख औ चाल्ह पियासी। जल तजि कहाँ जाहिं जलबासी?*

रेवती घर आकर कई तरह की उलझनों में फँसी रही।

उधर रेवती के चले जाने बाद, अगले ही दिन ही रेवती का बड़ा भाई रमेश अपने परिवार के साथ आया। रमेश का एक बेटा है तीन साल का। तीन लोगों का परिवार। माँ ने कतला तला है, रेहू में सरसों का रस लगाकर सालन बनाया है। गुलाब जामुन मँगवाया है। बहु के लिए अलग से चार स्पंजी मँगवाई है, उसे स्पंजी बहुत पसंद है।

❀

तीन महीने बाद एक दिन अहले सुबह रमेश का फ़ोन आया, 'माँ आई सी यू में है, रेवती! बचने की उम्मीद न है। कोरोना ने जकड़ रखा है।'

'कुछ न होगा माँ को। घबराना मत, भईया।' रेवती ने जवाब दिया।

रेवती ने देवता-पितर सबसे मन्नतें माँगी। अगर माँ ठीक हो गई तो माँस-मछली को कभी हाथ न लगाऊँगी!

रेवती को मछली बहुत पसंद है। जब ब्याही नहीं थी, बाबूजी कचहरी से लौटते वक़्त रंग-बिरंगी मछलियाँ लाते। मछली का एक टुकड़ा भी मिल

---

* (मारे चरख औ चाल्ह पियासी। जल तजि कहाँ जाहिं जलबासी? –बादशाह-भोज-खंड / मलिक मोहम्मद जायसी)

जाए तो रेवती गिद्ध की तरह चाट-पोंछ, नोंच-नोंचकर खा जाती। बासी भात पर माछ का गर्म झोर दे दो और एक बुट्टी मछली। थाली भर भात खा लेगी रेवती।

रेवती के बड़े भाई रमेश की इंजीनियरिंग की पढ़ाई के कारण घर की आर्थिक स्थिति लचर सी गई थी, इसी बीच माँ को भी हृदय की बीमारी लग गई, इलाज में बहुत पैसे लग गए। बाबूजी का हाथ तंग रहने लगा, नहीं तो बाबूजी रेवती की भी शादी ख़ुश-फैल से खाने-पीने वाले परिवार में ही करते। विवाह के समय छोटी सी कंपनी में राघव काम करता था, सब ठीक ही तो था। कोरोना के कारण कंपनी बंद हो गई। वह दिहाड़ी मज़दूर का काम करने लगा। आजकल वह भी बंद है। मगर फिर भी इधर-उधर हाथ-पाँव मारकर खाने-पीने, जीने जितना जोड़ लेता है।

दो महीने बाद माँ ठीक हो गई। रेवती ने तो जिस दिन मन्नत माँगी उसी दिन से माँस-मछली सब छोड़ दिया।

नौ महीने बाद माँ-बाबूजी रेवती से मिलने आए। झुग्गीनुमा घर, आँगन गोबर से निपा। घर में बाँस का फाटक, उस पर पुरानी सिंथेटिक साड़ी को सिलकर लगा दिया गया है। एक बकरी और तीन मेमने बाहर खेल रहे हैं।

राघव से मनोहार करके रेवती ने रेहु मछली मँगवाई है। ख़ूब लगन और प्रेम से पकाया।

मूँज की पटिया पर भोजन के लिए माँ-बाबूजी को बिठाया।

एल्युमिनियम की पुरानी कड़ाही, जगह-बेजगह पिचकी और पेंदी लगभग स्याह काली। स्टील के पुराने घिसे मगर साफ प्लेट से ढंकी। एक एल्युमिनियम की छोटी तस्तरी में करीने से कटे प्याज के लच्छे, नींबू के छोटे-छोटे दो टुकड़े। तीन हरी मिर्च और दो पापड़।

रेवती हड़बड़ाती दो थालियों में गर्म-गर्म भात लेकर आई। फिर कलछुल को आँचल से पोंछती हुई पलथी मारकर माँ-बाबू जी के पास बैठ गई। कड़ाही पर से स्टील की प्लेट हटाई और कलछुल से गर्म भात के बगल में सरसों में पकी सुनहली मछली की पेटियाँ परोसीं।

माँ-बाबूजी ने स्नेह से खाया। तृप्त होकर माँ ने कहा, 'बहुत स्वाद है, रेवती!'

खा चुकने के बाद माँ ने कहा, 'रेवती, तू भी खा ले।'

रेवती ने कहा, 'माँ, मैंने माँस-मछली छोड़ दिया।'

माँ ने धीरे से पूछा, 'क्यों भला?'

रेवती ने मुस्कुरा कर कहा, 'मन का कोई दुःख था, देवता ने हर लिया तो जीभ का यह सुख उनकी चरणों में चढ़ा आई।'

माँ और बाबूजी उसके चेहरे को देख रहे थे।

वह मछली के काँटे और जूठन बड़ी तन्मयता से माटी पर से उठाकर उठ खड़ी हुई।

ज़ोर का मेघ बरस उठा। झोपड़ी के दाएँ कोने से ख़ूब पानी घर में जमा होने लगा।

बकरियाँ बाहर से घर में आ गई हैं। मेमन टोकरी के पास चहलकदमी कर रहे हैं।

माँ-बाबूजी रेवती की विपन्नता को अनदेखी नज़र से देख रहे हैं...

रेवती पास ही जूट के बोरे पर बैठी साग छाँट रही है।

4
ये चारों सम्त आठों पहर छोड़ जाऊँगा

चौथा पहर : चौथी स्त्री रिद्धि हैं

भीमा नदी की उफनती लहरें, गुलबर्गा का वृद्ध किला। बाजरे की लहलहाती फसल और बबूल के पीले फूल। बस्सी से गुलबर्गा तक का सफ़र दोनों को थका चुका था। दिन का चौथा पहर, लिंग पूजा का समय। यह वृद्ध के शिव होने का समय था। मगर रिद्धि पार्वती नहीं थी।

रिद्धि ने वामन की तरह वृद्ध के अनछुए मन पर पाँव रखा, वह पृथ्वी की तरह सिहरा। रिद्धि ठहाके लगा कर हँसी। उसे दिगंबर होने को कहा। वृद्ध की लटकी त्वचा की पोटलियों और दिमाग़ में बंद आंवलों को धीरे-धीरे खोलकर उसमें छिपी कामना और ज्ञान को उसने छुआ और चखा। वृद्ध ने आलौकिक सुख का अनुभव किया। वह जिज्ञासु सा सुलझाती रही तन-मन और बुद्धि की सभी गाँठों को। संतृप्त वह उठी और खिड़की के पास जैतून के पेड़ सी खड़ी हो गई, शांत, चाँदी सी आभा लिए। वृद्ध अब भी सोने सा तप रहा है। रिद्धि ने मुड़कर कहा, 'अब बस! इंतज़ार मत करना।'

और भी दुख हैं ज़माने में मोहब्बत के सिवा
राहतें और भी हैं वस्ल की राहत के सिवा

रिद्धि को जाते देखकर वृद्ध का मन आहत हुआ। वह फुर्ती से दालान पारकर गई और फिर तेज़ी से सड़क की ओर लपकी। वृद्ध खिड़की से उसे जाते हुए देखता रहा। वह रोकना चाहता था मगर उसे रोक नहीं पाएगा; वह जानता था।

तीसरा पहर : तीसरी औरत रति

रेशम ओ अतलस ओ कमख़ाब में बुनवाए हुए
जा-ब-जा बिकते हुए कूचा-ओ-बाज़ार में जिस्म

हल्के-हल्के दिनों के सबसे भारी रंगों को पहनकर और देह पर से एक-एक कर कीमती, रेशमी कपड़ों को उतारती वह सफ़ेद संगमरमर की मूर्ति जब वृद्ध के देह पर साँप सा लोटती तो वह चंदन हो जाता। यह सब इतना अस्वाभाविक था पर इतने जतन से करती थी रति कि ग्राहक को लगे ज़िंदगी को उतरते देख रहा है। हरे-भरे, मीठे देह से रस चूसते मर्दों का अंकगणित नोटों के बंडल में व्यक्त होता था। वे अनावृत देह का उत्सव मनाते। एक-एक इंच का इस्तेमाल और एक-एक प्रयोग की क़ीमत चुकाते। नाम तो कभी हुआ नहीं उसका तो बदनामी का डर भी नहीं था। यह सोचना कितना ग़लत है, उस दिन रति को पता चला जब आठ साल की बच्ची ने उसे "गंदी लड़की" कहा।

उसने आईने में देखा ख़ुद को। दक-दक गोरे चेहरे पर काली बड़ी-बड़ी आँखें। काजल, आई लाइनर, मस्करे से सजी आँखें और चेहरे पर ढलकते काले बाल। वह लड़की कहाँ रह गई थी। वह पैंतालीस साल की एक तलाक़शुदा स्त्री थी।

एक स्त्री है और जिसका अठ्ठारह साल का बेटा उसकी छाती पर हाथ रखकर उसे धकेल बाहर करता है अपने कमरे से।

उसने बालकोनी से झाँक कर नीचे देखा। वह वृद्ध समझ सोचकर पाँव बढ़ा रहा था। बड़ी सावधानी से सड़क पारकर वह उसके घर के सामने आया। धीरे-धीरे रेलिंग के सहारे हर सीढ़ी को पार करते हुए उसके दरवाज़े तक आया। दरवाज़े की घंटी बजी। रति ने धीरे से दरवाज़ा खोला। उसने रुपये की गड्डी अपने कुर्ते की जेब से निकाली और उसे थमाते हुए पूछा, 'इतने से हो जाएगा न?'

रति ने एक निर्लज्ज मुस्कान के साथ छाती फुलाकर "हाँ" का इशारा किया और नोटों की गड्डी को लगभग लपकते हुए अलमारी के दराज़ में रख दिया।

उसने अपनी उघड़ी चौड़ी दूधिया पीठ को वृद्ध के सम्मुख कर दिया। वृद्ध ने गर्म हथेलियों से उसे सहलाया। उसके अंगूठी की रगड़ को रति ने पीठ पर महसूस किया और ब्लाउज़ के बटनों को धीरे-धीरे खोलकर ढीला किया। उसके स्तन के भार और सौष्ठव को देखकर वृद्ध के मुख पर आसक्ति के बादल फैल गए, मुख मलिन हो गया। वात्सल्य भाव जाता रहा। काम भाव ने गालों को गुलाबी कर दिया। उसके शरीर की सजगता चरम पर थी, शरीर अचानक से कसा-कसा महसूस हुआ। उसके देह की सख़्त माटी को मसलते वक़्त उसे स्वर्ग के सुख का अनुभव हुआ।

देह की दुर्बलताओं और सीमाओं को लाँघ कर कामनाओं को रोम-रोम में जीता रहा। सबकुछ करके वह वृद्ध बिस्तर पर कुछ देर तक लेटा रहा। हल्की थकान भरी मुस्कान उसके चेहरे पर तैर रही है। रति ने उसे कपड़े पहनाए, चाय बनाकर पिलाई। वह चाय पीते-पीते उसे निहारता रहा।

उसने पूछा, 'तुम एक दिन में कितने पुरुषों से मिलती हो?'

रति ने कल आए ग्राहकों को मन में गिना, पाँच पुरुषों के साथ सोई थी वह कल। मगर उसने अपने अर्द्ध नंगे स्तनों पर से काले बालों को हटाते हुए कहा, 'सिर्फ तुम्हारे साथ सोती हूँ। तुम इतना दे देते हो कि दूसरे के साथ सोने की ज़रूरत ही नहीं पड़ती।' उसकी बात सुनकर वृद्ध के चेहरे पर एक रहस्यमयी हँसी तैर गई। वह धीरे से उठा और संभलते हुए सीढ़ियों से उतरा, फिर सड़क पार कर कार में बैठ गया। रति उसे बालकोनी से ताकती रही। वृद्ध ने उसे नहीं देखा।

दूसरा पहर : दूसरी स्त्री मुद्रा हैं

तेरी सूरत से है आलम में बहारों को सबात
तेरी आँखों के सिवा दुनिया में रक्खा क्या है

उस वृद्ध ने अपनी युवावस्था का सबसे सघन प्रेम मुद्रा को समर्पित किया है। मुद्रा ने अपने अप्रतिम सौन्दर्य में वृद्ध की युवावस्था को बाँध रखा था।

जैसे-जैसे उम्र बढ़ती गई, शरीर शिथिल और प्रतीक्षा लंबी होती चली गई।

अब तक मुद्रा प्रतीक्षा का लंबा अभ्यास कर चुकी है। अवसाद की गोलियाँ फाँकती, वह सुर और ताल के साथ नृत्य की मुद्राओं का अभ्यास करती है। मुद्रा की माँ उसके देह में राग देखती है, पिता उसके स्वर में करुणा। वह हठी है, बँटे देवता की उपासना करती है। किसी और देवता को वह जगह नहीं दे सकी मन में, न ही देह और बुद्धि की किसी सीढ़ी पर। एक ही सीढ़ी थी जो एक ही मंदिर में जाती थी। जहाँ था एक मात्र आसन और एक मात्र देवता उस आसन पर विराजमान रहा। भाग्य और काम विवश देवता, जिसका एक हाथ आश्वासन देने की मुद्रा में हमेशा खड़ा

रहता है। मुद्रा इस प्रतिमा को रोज़ आँसू से धुलाती है और वह दुगुनी चमक के साथ बना रहता है मुद्रा के जीवन में। रिश्ते की अपरिभाषा, संतति के गर्व से मुक्त प्रेम। कई दशकों और कितनी सीढ़ियाँ को उसके साथ चढ़ चुकी मुद्रा उस व्यक्ति का निश्चल ठौर है। मुद्रा किसी स्त्री का चिर दुःख और स्वयं विकल्प है। वह प्रतीक्षा का राग भी है।

वृद्ध पत्नी से झूठ बोलकर अपनी प्रेमिका से मिलने आया है। साठ साल की मुद्रा, पैंतीस साल लंबा प्रेम प्रसंग। मुद्रा ने शराब परोसी, वृद्ध धीरे-धीरे पीता रहा।

मुद्रा ने उसे बिस्तर पर लिटाया, उसके पूरे शरीर की मालिश की, उसके शुष्क बालों की गुनगुने तेल से मालिश की। वृद्ध के मुख पर बाल-सुलभ कृतज्ञता फैल गई। वह लंबे समय तक सोया रहा। जब उठा तब मुद्रा ने उसे गुनगुने पानी से नहलाया। शरीर को श्रद्धा के साथ पोंछा। कपड़े पहनाए। गर्म-गर्म रोटी, आलू-मेथी की सब्ज़ी और सलाद के साथ मुर्गे का कोरमा परोसा।

मलमल के रूमाल सी मुलायम और पतली रोटियाँ मुख में घुलती गईं। खा-पीकर जब वह जाने लगा तो उसने मुद्रा के आँखों में आँसू देखे। लगभग भारी डगों से उसने दरवाज़े की तरफ कदम बढ़ाया। कार में बैठते-बैठते कई बार मुड़ा और हाथ उठाकर आश्वासन देता रहा। मुद्रा के गालों पर आँसू की धार अनवरत बहती रही। कार चली गई। मुद्रा से दरवाज़ा बंद ही नहीं हो रहा है। उसके घर का नाम प्रतीक्षा है।

प्रथम पहर : काँच के ख़्वाब हैं बिखरे हुए तन्हाई में

देवसेना : पहली स्त्री हैं

अब भी दिलकश है तिरा हुस्न मगर क्या कीजे...

वृद्ध की पत्नी का नाम देवसेना है। उसने प्रेम-विवाह किया था।

युवावस्था में जब पति अपनी प्रेम कविताओं और देह कथाओं में व्यस्त था। पत्नी ने अपने देह गीत का गला घोंट दिया। तन के कितने बजते तारों को निर्ममता से तोड़ती रही। वह वृक्ष वीणा जिसने हर कोमल कोपल तारों को तोड़ तोड़कर देह से किया विलग।

जब पत्नी का देह पति के स्पर्श की लालसा में जाग रहा था, मन की असह्य पीड़ा के उन तपते पलों में वह मर-मर कर उठती। क़लम घिसती, माथे को दीवारों पर पटकती, पूस की ठंड में आँगन में बरसते मेघ में काम ताप से तपते देह को भिगोती, सिहरती, आवाज़ करके बस इस डर से नहीं रोती कि बच्चे, सास-श्वसुर न जाग जाएँ, उसका नन्हा देवर न रो पड़े।

पति ठीक उसी समय कहीं और इत्र से देह गमकाए, मलमल के कुर्ते को उतार प्रेमिका की बाहों में पिघल रहा होता था। पति का उत्सव पत्नी का संन्यास था। यह वह दुःख था जिसे लज्जावश उसने न मायके में किसी को कहा और न ही ससुराल में कभी किसी से साझा कर सकी। वह जब भीतर-भीतर चीख रही थी, ऊपर-ऊपर परिवार के हर आयोजन में हँसकर सम्मिलित थी। वह जब ढह रही थी तब भी वह घर को जोड़ रही थी। वह एक पता थी जहाँ पति थक-हारकर लौटता था। चरों को भोगते उस वृद्ध का अचर थी वह।

धीरे-धीरे देवसेना बच्चों में, रिश्तेदारों में, दायित्वों में, नौकरी में, अपनी रोटी कमाने में, घर बनाने में बीत गई। अब कौन से राग-खटराग। अनचाहे संन्यास का शाप और छह दशकों की छली स्त्री की हूक स्वर्ग तक जाती है पर उसका भोगा दुःख क्या अनंत ब्रह्मांड भी बाँट सकता है?

किससे करेगी वह ईर्ष्या? सोलह से साठ साल की कई स्त्रियाँ जो उसके पति के जीवन में आईं और कितनी अब तक उसके जीवन में शामिल हैं।

देवसेना एक विदुषी हैं जिनकी क़लम से प्रार्थना और क्षमा अनवरत बहती रही। युवावस्था में शयनकक्ष की विरानी को किताबों से खपातीं। देह की कामनाओं को सिसकियों में बहातीं।

देवसेना ऐसी तपस्विनी थीं जो भिक्षुणी नहीं बनीं।

युवावस्था में वृद्ध जब भी घर आता, देह को कंठ तक पीकर आता। वह जब भी घर आता मुस्कान लेकर आता और निश्चल आँखों से देवसेना को देखता। वह चंपा कली, मधु, काजल, केवड़ा सब लाता, मगर साथ में थकान और नींद भी लेकर आता था।

रात को वह पत्नी के पाँव पकड़कर सोता है। पत्नी के तलवे से उसका गाल सटा होता है। लाखों बार उनींदी में उसका चेहरा पत्नी के पाँव से आहत हुआ है मगर वह अपनी इस आदत को नहीं छोड़ता है। वह पत्नी की गलत-सही हर बात में हाँ मिलाता है और उसकी किसी बात को काटता नहीं है। वह पत्नी की हर डाँट और उलाहना को सब्र से सुनता है और पलटकर जवाब नहीं देता है।

वह हमेशा से ढेर सारे सामान लेकर घर आता रहा है।

आज भी शाम ढले वृद्ध जब घर पहुँचा तो अपने साथ सामान लेकर आया है। उसने पत्नी को सब्ज़ी, मिठाई और सामानों के झोले बाहर से भीतर मँगा लेने को कहा। ड्राइवर उन सामानों को दरवाज़े पर रख गया है। पत्नी ने कॉफ़ी बनाई। दोनों ने साथ में पिया। पत्नी ने बेटे के हाउसिंग लोन की दिक्कतों के बारे में बताया। वृद्ध ने कहा, वह दिसंबर तक ऋण चुका देगा। उसने पत्नी से कहा कि वह बेटे को निश्चिंत रहने को कहे।

पत्नी ने बिस्कुट की प्लेट बढ़ाते हुए कहा, 'एक ले लो।'

वृद्ध ने एक बिस्कुट उठाया। सख़्त था, फिर भी खाता रहा। पत्नी पति से महँगाई, राजनीति, बिजली बिल और रिश्तेदारों की चर्चा करते हुए शाम गुज़ार देती है। वृद्ध उठता है और पत्नी रसोई बनाती लड़की को कहती है, 'मैना! आज हमारे लिए चार ही रोटियाँ बनाना। साहब एक ही रोटी खाएँगे। मुझे भूख है, मैं तीन खाऊँगी, बाकी तुम अपने लिए जितना चाहो बना लो।'

पत्नी टीवी देख रही है। पति लैपटॉप पर कुछ टाइप कर रहा है।

रात उतर कर आँगन में फैल गई है।

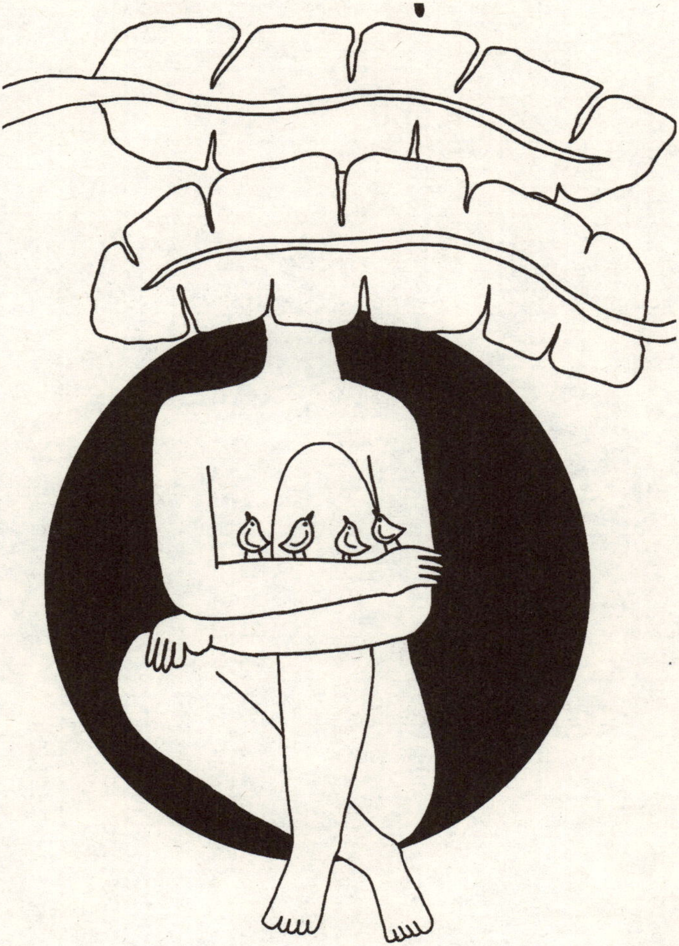

5
ग्रीन वीलो

ग्रीन विलो कितना उदास है न? प्रेम में छला, टूटा आदमी पूरी उम्र न जाने किन-किन पीड़ाओं से गुज़रता है। उदास आदमी टूटे आदमी से अच्छा है। उदास सोचता है और कई चीज़ों को समझ पाता है। टूटा तो पूरी उम्र स्वयं को समेटने में ही ख़र्च कर देता है। प्रेम की उदासी, प्रेम में टूटन का सुंदर विकल्प है।

कंगला के किले में अलौकिक शांति पसरी है, अहाते में हरियाली फैली हुई है और गेट पड़ खड़ी दो सफ़ेद मूर्तियाँ, और भी सफ़ेद लग रही हैं। किले में बैठकर मालविका सर्दियों में शांत इम्फाल नदी की लहरों का स्मरण कर रही है। ठंड काफ़ी है, अपनी दोनों हथेलियों को रगड़ते ही मालविका के हथेलियों के मध्य एक मासूम-सी गर्माहट किलकारी मारने लगी है। उसे अचानक सूरज की आँखें याद आ गई। मोटे ओंठ, बड़ी-बड़ी आँखें, मालविका से दस साल छोटा। कुर्ता, बंडी, चश्मा, किताब और न जाने देह में कौन-सी अलाव जलाए रखता था। ओंठ की प्यास सावन की प्रतीक्षा नहीं करती थी। वह आकुल-व्याकुल रहता था, मरू के भीतर सिर

गाड़े, कितने मील पार कर जाता था। नीलकंठी का फूल, सालों भर बैंगनी कलियाँ चटकती रहती थीं...

उसे याद आया अपना ख़ाली हाथ, वह कैसे एक-एक पैसे-पैसे जोड़कर गई थी सूरज से मिलने। लखनऊ के इमामबाड़े के पास एक अच्छा सा होटल, एक नरम कमरा। राशन के पैसे बचा-बचाकर और इश्क़ का ऐसा भूत कि सूरज मद्धम, रात उजली और दुःख द्रौपदी माला हो गया था।

सूरज लखनऊ का नया-नया कलेक्टर बनकर आया था। बेहद उत्सुक और उत्साहित। चीते-सी फुर्ती, बाल-सुलभ सहजता, सरलता ऐसी कि कभी भी मधुरता में कोई कमी नहीं, अद्भुत आकर्षक व्यक्तित्व।

किसी भी दुनिया की बात कर लो इतना पढ़ा लिखा कि विश्व ज्ञानकोश खोलकर रख दे। उससे वार्ता चुनौती की तरह आती और मालविका हर चुनौती को जिस गंभीरता और दृढ़ता से पार करती, वह देखकर सूरज अचंभित रह जाता था। दोनों की दोस्ती और दोनों के प्रेम के बीच एक बाँस का पुल था और जिस दिन वह टूटा, प्रेम की नदी ने भी नहीं थामा उसको।

दिन भर मध्ययुगीन अध्यात्म की राजनीति पर चर्चा और जिरह, तर्क पर तर्क। शाम के सरकते ही उस रस्म की अदायगी भी हो गई। जो आया, वह चला गया। रात पहले से अधिक ठंड और स्मृतियाँ बर्फ़ के फाहे।

आज दूसरा दिन था।

मालविका ने फ़ोन उठाया और एक छोटा सा उत्तर दिया, "मैं नौ बजे तक निकलूँगी।"

उधर से सूरज की आवाज़ आ रही थी, "मत जाओ। आज फिर मिलने आऊँगा।"

मालविका ने धीरे से कहा, "मेरे पास इतने पैसे नहीं हैं कि मैं दो दिन रुक सकूँ।"

सूरज ने कहा, "तुम चिंता मत करो, दूसरे दिन का बिल मैं भर दूँगा। प्लीज़ रुक जाओ। मेरे लिए, मर जाऊँगा।"

मालविका रुक गई। उसने *यारेख* किताब का कुछ अंश पढ़ा और खिड़की के पास खड़ी हो गई। वे पंक्तियाँ टेपरिकॉर्डर की भांति उसके भीतर बजती रहीं...घर्र-घर्र कर टेप फँसता जाता था, आवाज़ विकृत होती जा रही थी, मगर शब्द एकदम स्पष्ट,

"तुम हिब्रू और जर्मन में कविता और दर्शन लिखते हो, मैं विरह की भाषा में मौत को व्यक्त हुई जा रही हूँ।

मैं तुमसे मिलने को व्यग्र हूँ।

वैध बंधनों को खोलो और आओ अवैध प्रेम की प्रबलता का सम्मान करो। मेरे देह की हर कोशिका तुम्हारी गंध पाने के लिए साँस रोके है। मैं शनैः-शनैः मर रही हूँ... अब एकदम ध्वस्त होने की कगार पर हूँ। सबों की सोचकर आओगे तो रास्ता बहुत लंबा है, मेरे पास समय बहुत कम।"

एक-एक पंक्ति मालविका के भीतर बजती रही है। उसके भीतर हर पंक्ति तेज़ थाप पर नृत्य कर रही थी, थाप की व्यग्रता, ध्वनि और उसकी आवृत्तियाँ सब एक साथ बढ़ती जा रही थीं। वह झटके के साथ खिड़की से हटकर बिस्तर पर बैठ गई ताकि उसके भीतर बज रहा टेपरिकॉर्डर बंद हो जाए। प्रतीक्षा से लंबी इस ब्रह्मांड में कोई दूसरी चीज़ नहीं है।

वह अपना सिर पकड़कर फूट-फूटकर रोने लगी। फिर कमरे में तेज़ी से एक छोर से दूसरे छोर के बीच चहलक़दमी करने लगी। पाँव बढ़ते जा

रहे थे, आँखों से अनवरत आँसू बहते रहे, सुबह से दोपहर हुई और फिर दोपहर से शाम।

वह मकड़ी सा महसूस कर रही थी, जकड़ी वैध और अवैध के जाल में, प्रतीक्षा को कीट की तरह निगल जाना चाहती थी। धैर्य और बेचैनी दोनों भीतर द्वंद्व कर रहे थे। वह बार-बार बिस्तर से उठकर खिड़की के पास जाती।

सड़क उठकर बिस्तर के क़रीब आ गई थी। हर पदचाप, कार के आने की आवाज़, कार के दरवाज़े खोलने और बंद होने की आवाज़, उसे साफ़-साफ़ सुनाई पड़ रही थी। अचानक उसका सिर भारी हो गया। उसके पेट में असह्य वेदना शुरू हो गई।

उसने पुराना टिकट कैंसिल करके अगले दिन का टिकट बुक कर लिया।

उसे तब ध्यान आया कि सबेरे से उसने कुछ भी नहीं खाया-पिया है।

उसने पर्स में देखा, तीन हज़ार रुपये थे। होटल में एक दिन रुकने का ढाई हज़ार देना था और जो कुछ खा-पी लिया तो उसका अलग से।

शाम पसरकर खिड़की से कमरे में आ गई है, अखरोट सी ऊबड़-खाबड़ एक सड़क दूर से आकर होटल के पिछवाड़े में रुक जाती है, उस पर बायीं ओर ढेर सारी लकड़ियों का अंबार लगा है, एक आदमी बहुत देर से वहाँ चहलक़दमी कर रहा है। चिड़ियों की चहचहाहट एकदम ख़त्म, सब नीड़ को लौट गई हैं, गुलमोहर की परछाईं सड़क पर पसर गई है, एक अप्रत्याशित बेगानापन लेकर शाम उतरी है। वह बेचैनी महसूस कर रही है। बार-बार घड़ी देख रही है।

देर शाम तक सूरज नहीं आया। मालविका की धड़कन तेज़ हो रही थी। वह फ़ोन नहीं उठा रहा था। देर रात उसका फ़ोन आया, 'मैं एक मित्र के यहाँ आया हूँ, पत्नी ज़िद कर रही थी। आ नहीं पाऊँगा।' इतना कहकर उसने फ़ोन रख दिया।

मालविका ने न दोपहर में खाया था, न ही रात में। बिल कैसे चुकाएगी इसी असमंजस में पड़ी-पड़ी पानी की एक बोतल भी उसने नहीं मँगवाई, उसका मन किया कि वह साधारण पानी माँगे और एक कप चाय बनाकर पिए, मगर एक डर उसे घेरे जा रहा था। वह उस डर को धकेलकर कमरे से बाहर निकली और लगभग एक-डेढ़ किलोमीटर बिना रुके पैदल चलती रही। तभी उसे सड़क के किनारे परांठे का एक ठेला दिखा, मद्धम रौशनी और हवा में एक नीमबेहोशी, उसने पच्चीस रुपये का दो परांठा बंधवाया और वहीं फुटपाथ पर बैठकर खाने लगी, उसमें बासी आलू की गंध थी, उससे खाया नहीं गया, पास ही में नगर निगम का एक नल था, उसने वहाँ जाकर पानी पिया। प्यास ऐसी कि ख़त्म ही नहीं हो रही थी और शरीर ऐसा कि पानी को थामना नहीं चाहता था।

उसने फिर फ़ोन चेक किया, सूरज का कोई मैसेज नहीं था। वह बिल कैसे भरेगी। सोच-सोच कर उसका गला सूख रहा था। अगर टैक्स जोड़कर ज़्यादा पैसे माँगे तो वह किससे पैसे माँगेगी, उसकी समझ में कुछ भी नहीं आ रहा था।

वह रात भर जागती रही। यह रतजगा उसके रोम-रोम को थका चुका था।

उसे लगा धुंध, राख और दुःख की गंध बिल्कुल एक जैसी होती है। रात गहराती जा रही थी और ठंड बढ़ती जा रही थी। उसने अपने पतले स्वेटर के ऊपर खादी की शॉल लपेट ली। इस ठंड में कुछ पैसे बचाकर वह एक गर्म शॉल ख़रीदेगी।

सबेरे के नौ बजे थे।

उसने पानी के जग की तरफ देखा। जग ख़ाली था। वह उठी और खिड़की की तरफ देखने लगी। लकड़ी का ढेर रात में जल चुका था। राख का ढेर था जो धूप से टकराकर सतरंगी प्रकाश बिखेर रहा था।

उसने फ़ोन देखा, सूरज का कोई मैसेज नहीं था। वह जल्दी-जल्दी तैयार होकर लगभग भागते हुए रिसेप्शन के पास पहुँची, बिल माँगा और उसका निपटारा किया, उन्नतीस सौ सात रुपये का बिल था। मालविका ने बिल चुकाया और राहत की साँस ली। उसके पास 93 रुपये बचे थे। स्टेशन जाते वक़्त ऑटोवाल 200 रुपये से ज़्यादा माँगेगा, यह सोचकर वह पैदल ही निकल पड़ी। पानी की एक बोतल सड़क के किनारे की एक दुकान से ख़रीदकर, वह बढ़ती रही। चलते-चलते वह थक गई थी। उसके पाँव थके थे और भूख से अंतड़ियाँ दुखने लगी थीं। वह रेलवे स्टेशन की तरफ बढ़ती जा रही थी। रास्ते में बिक रहे अंकुरित चने-मूंग के ठेले, नारंगी-अंगूर-सेब से सजे ठेले, चाय और बिस्कुट के ठेले सब उसका ध्यान खींच रहे थे। भूख ऐसी कि "प्रतीक्षा" शब्द के अतिक्रमण पर अमादा। जगह-जगह होर्डिंग लगे हुए हैं–लखनऊ के कलेक्टर इस ठंड में गरीबों के रात के खाने, कंबल और रहने की व्यवस्था करेंगे।

साथ में सूरज की तस्वीर ...

उसे ज़ोर से प्यास और भूख लग रही थी। पुराने स्वेटर और खादी की शॉल को शीत की लहरें तीर रही थीं।

बड़े -बड़े होर्डिंग से छोटी-छोटी टीस निकलकर आसपास काँटों का जंगल खड़ा कर चुकी थी। वह धैर्य से बढ़ रही थी। वह मंथर गति से बढ़ रही थी... उसकी आँखों में सूरज का चेहरा था, उसके प्रति मोह भी चरम

पर था और देह में कष्ट भी अपना चरम तलाश रहा था। वह अपने जीवन में अब तक इतने भारी बैग के साथ, इतनी ठंड में इतना लंबा कभी नहीं चली, वह भी 36 घंटे भूखे रहकर। बीस रुपये की पानी की बोतल ख़रीदने के बाद उसके पास 73 रुपये बचे थे मगर वह उसे ख़र्च नहीं करना चाहती थी। सफ़र लंबा था और वह कई मामलों में स्वयं को अर्थहीन महसूस कर रही थी।

अचानक एक पत्थर से उसके पैर की उँगलियाँ टकराईं और बैग हाथ से छूट कर बायीं ओर को छिटक गया। घुटने में चोट लगी और घुटना फूट गया। खून की बूँदें सूती सलवार के आर-पार। वह उठ नहीं पा रही थी। पास ही बीड़ी फूँक रहे लड़के ने उसे पकड़कर उठाया और बड़े ही अश्लील तरीके से उठाने के क्रम में उसके देह को छुआ। मालविका का शरीर काँप उठा। उसने एक ऑटोवाले को हाथ दिखाया और पूछा, स्टेशन जाने का कितना लोगे?

वह बोला, 'सौ रुपये मेमसाब।'

'मगर मेरे पास 73 रुपये ही हैं। पैर में चोट लगी है, स्टेशन पहुँचा दो भाई! तुम्हारा भला होगा।'

ऑटो वाले ने कुछ देर सोचा और फिर ले जाने को तैयार हो गया। मालविका का गला सूख रहा था। वह लगभग लँगड़ाती हुई ऑटो में बैठी। पानी की बोतल हाथ से छिटक कर दूर नाले में जा गिरी थी। ऑटो वाले ने बैग उठाकर ऑटो में रखा। ऑटो तेज़ी से भाग रहा था... शहर और समय दोनों पीछे छूट रहे थे, फटे घुटने में सांय-सांय ठंडी हवा लग रही थी। दर्द चरम पर, मगर प्रिय के न आने का दुःख, उसके सुध न लेने की टीस गज़ब ढा रही थी। मौत से ज़्यादा दुःख भरे क्षण जीवन में कई आते हैं, फिर भी हम मौत से पूरी ज़िंदगी घबराते रहते हैं। ऑटो रिक्शा स्टेशन

के पास आकर रुका। दर्द बढ़ता गया। वह लगभग लँगड़ाते हुए प्लेटफ़ॉर्म पर आई, सभी प्रतीक्षा-कुर्सियाँ यात्रियों से भरी थीं। वह विक्षिप्त स्त्री की तरह बैग थामे वहीं प्लेटफ़ॉर्म की ज़मीन पर बैठ गई। विदुषी मालविका का चेहरा प्रतिभा के तेज से दमक रहा था, भीतर का तूफ़ान शांत होने का नाम नहीं ले रहा था। टीस सूई सा कलेजे को भेद रही थी। आँखों से बहते आँसू थमते नहीं थे। उसे थोड़ी देर बाद प्लेटफ़ॉर्म की फ़र्श ठंडी लगने लगी। उसने पास खड़े एक युवक को अपनी टिकट दिखाते हुए पूछा, 'भाई! मेरे बैग को बोगी तक पहुँचा दोगे? घुटने में ज़ख़्म है।' वह लड़का उसे संशय की दृष्टि से निहारता रहा और फिर दूसरी दिशा में निकल गया। ट्रेन बस पहुँचने ही वाली थी। मालविका बैग पर हाथ रोपे किसी तरह खड़ी हुई।

अचानक वह लड़का एक व्हील चेयर के साथ आया। उसे बिठाकर उसके बैग को अपने कंधे पर लटका लिया। उसे उसकी बोगी में बिठाकर, बड़ी कोमलता से एक पॉलीथीन थमाई। पॉलीथीन में एक डेटॉल की छोटी-सी बोतल, एक हैंडी प्लास्ट, रूई का एक छोटा सा बंडल और चार पेन किलर था। वह कुछ कहती, उससे पहले लड़का जा चुका था। मालविका के आँखों से आँसू का बहना अब भी बंद नहीं हुआ था। उसने सलवार को ऊपर उठाया, बोगी में बैठे हर शख़्स की नज़र उस पर थी। उसे उस वक़्त न शर्म, न ही संकोच महसूस हुआ। वह एक अनुपस्थित दुनिया में अपने घाव की टीस को कम करने का भरसक जतन कर रही थी। उसने रूई और डेटॉल से घाव को पोंछा। हैंडी प्लास्ट से चोट बड़ी थी, एक हैंडीप्लास्ट से ढंकने वाली भी नहीं थी... फिर भी हैंटी प्लास्ट लगाया। बैग से अपना सफ़ेद सूती दुपट्टा निकाला, उसे फाड़कर कपड़े का एक छोटा टुकड़ा निकाला और घुटने पर बाँध लिया। फिर पेन किलर निकाला और पानी के लिए सहयात्रियों का मुँह जोहने लगी। एक महिला ने उसे पानी की बोतल पकड़ाई। उसने एक साँस में दवा गटक ली। दवा खाने के बाद ख़ाली पेट का दर्द और बढ़ गया। भूख

और दर्द से शरीर काँप रहा था। वह थरथराते हाथों से बार-बार फ़ोन देख रही थी। सूरज ने न तो कोई मैसेज, न ही कोई फ़ोन किया था। वह उदास और बेचैन थी। तभी रेल में उसके सामने बैठे एक सहयात्री ने दो रोटी और भिंडी की भुजिया उसकी ओर बढ़ाया, वह 'न' कहना चाहती थी मगर पेट में मोचाड़ और छाती में भयंकर जलन हो रही थी। उसने देह और बुद्धि का अनुशासन तोड़कर अपना हाथ आगे बढ़ा दिया। वह धीरे-धीरे कौर तोड़कर मुँह में डालती रही, विलंबित गायन की ताल सा और उसकी आँखों से अनवरत आँसू बहते रहे टप-टप...

उसे दुबारा सूरज का फ़ोन नहीं आया। मालविका की प्रतीक्षा भी गंतव्य की प्रतीक्षा के साथ ही ख़त्म हो गई। उन दो रोटियों की तृप्ति ने उसे उम्र भर अतृप्त नहीं होने दिया...

अब भी उसका मन विचलित होता है। वह अवसाद से गुज़रती है। अब भी उसका सुख और दुःख बाँटने वाला कोई नहीं है। अब भी तीतर-बटेर, तोते-मैने की कहानी यूँ ही सुनाई जाती है। अब भी रोटी खाते वक़्त, उस डेढ़ दिन की भूख और बासीपन को महसूस कर वह सिहर उठती है। अब भी उसे रोटी के लिए बढ़े अपने हाथ याद आते हैं। अब भी उसे अपना पहला प्रेम क्षण-क्षण याद है। अब भी वह समझ नहीं पाती कि आख़िर उसे एक आसक्त से इतना प्रेम कैसे हो गया?

उसने पत्रकारिता में लंबा समय व्यतीत कर लिया है। हाथ अब कभी तंग नहीं रहता है, मन का खा-पी और ओढ़ सकती है, दुनिया घूम सकती है। इतना कुछ पाया-खोया उसने। मगर उस क्षण जब वह उपयोग करके छोड़ दी गई और प्रेम पानी की तरह बह गया, उस क्षण की कौंध उम्र भर उसे विचलित करती रही। वह एक रस्सी पर चलती रही, लगभग डगमगाती और बैलेंस बनाने के अद्भुत साहस और धैर्य के साथ। पलटकर उसकी

चिंता नहीं करने वाले उस आसक्त ने क्या अपने देह से कभी मालविका के देह की गंध आती महसूस की।

मालविका का वह पहला और अंतिम, जैसा-तैसा, अधूरा सा प्रेम अब उसकी कोशिकाद्रव्य का हिस्सा बन चुका है, उसमें जरा सा हिलोर आते ही वह बिखरकर फैल जाती है, कोशिका दर कोशिका। मगर फैलना-समेटना एक अभ्यास बन चुका है। वह बाँस थी, बस एक बार फूली और फिर समाप्त...

आज सूरज अपनी घोर अनैतिक प्रवृत्तियों और कमाल की बौद्धिक क्षमताओं के लिए प्रसिद्ध है।

प्रसिद्ध मालविका अय्यर भी है, अपनी बेबाकी और नई सोच के लिए।

मगर उस रात के बाँसी परांठे और यात्रा की निस्सहायता ने उसे स्वयं के बहुत करीब लाकर खड़ा किया और देह की मारक गंध से उसे मुक्ति दे दी। वह गंध जो कामनाओं का उत्सव तो मनाती थी मगर दायित्वों के निर्वहन से चूक जाती थी। देह के उत्सव को व्यभिचार कहते हैं और दायित्व के साथ प्रेम को संस्कार। एक आसक्त की प्रेमिका का दुःख न पृथ्वी गिनती है, न आकाश, न ही हवा। प्रेम तो वह भी होता है मगर आसक्त की प्यास कभी नहीं मिटती, कितने लोगों के आँसुओं से वह दरिया बनाता है और उसमें ही एक दिन प्यास के मारे डूब मरता है। उससे प्रेम करने वाली स्त्रियाँ दुनिया की सबसे अभागी स्त्रियाँ होती हैं और आने वाले किसी भी जन्म में वे फिर प्यार नहीं करतीं।

आसक्त की प्रेमिकाएँ अपना अंतिम प्रेम जीती हैं और फिर प्रेम, प्रीत, इश्क़, मुहब्बत जैसे असंख्य शब्दों को अपने हाथ से सदा के लिए किसी निष्ठुर माटी में दफ़न कर देती है।

मालविका ने घड़ी देखी। शाम से पहले होटल लौटना है। वह हड़बड़ाकर गेट से बाहर निकली। आगे कुछ कदम बढ़ी और मुड़कर एक बार फिर किले को देखने लगी, अगल-बगल की हरियाली को देखकर उसके मन में ख़्याल आया :

कंगला का अर्थ सूखी ज़मीन क्यों है, इसका अर्थ हरी माटी भी तो हो सकता था न...

पास में खड़ा ग्रीन विलो मालविका को देखकर धीरे-से मुस्कुरा उठा।

6
स्वीटी की अम्मा

1995 का मई का महीना, सड़क किनारे आम के पेड़ के नीचे जीभ निकालकर हांफते कुत्ते, नीम के पेड़ के नीचे ककड़ी, तरबूज, खीरा के ठेले। ठेले पर ककड़ी पैर लटकाकर बैठी हुई है, खीरा लेटकर आराम फरमा रहा है। तरबूज देह समेटकर बैठा है। काले नमक और मिर्च की डिबिया सुगबुगा रही हैं।

थोड़ी दूर पर पीपल का झबराया पेड़ है जिसके नीचे सत्तू और कच्चे आम का पना बिक रहा है।

लू और गर्मी के तेज़ वेग से आदमी पस्त है। ऊपर से तपती ज़मीन और रहबट कोई राहत देने के मिज़ाज में नहीं हैं।

एक पतली-दुबली पाँच फीट की लड़की, घिसी-पिटी चप्पल पहने, सिर और मुँह को दुपट्टे से ढके लगभग भागती हुई पुलिया की तरफ जा रही है। उसके हाथ में एक पन्नी है जिसमें कुछ कागज़ और दवाइयाँ हैं।

उसने आसमानी रंग का एक पुराना सा सिंथेटिक कुर्ता पहन रखा है। वह गर्भवती है और गर्भ के भार के बावजूद पसीने से तर-बतर वह पुलिया पर लगभग भागती हुई चढ़ी जा रही है।

पुलिया पार करके वह शिवपुरी मुहल्ले में पहुँचती है। मुहल्ले की आखिरी गली में घुसती है और पाँचवें घर के लोहे के दरवाज़े को कई बार छूकर रह जाती है। पास में लीची का पेड़ है। उस पर दो कोयल चुपचाप बैठी हैं और उस लड़की को एकटक देख रही हैं।

लड़की का पाँव और देह तप रहा है। वह अंततः दरवाज़ा धीरे से खटखटाती है। दरवाज़ा वेग से खुलता है। एक अधेड़ उम्र की स्त्री निकलती है और उसे पकड़कर घर के भीतर ले आती है।

वह लड़की से कसकर गले मिलती है। दोनों की आँखों से अनवरत आँसू बह रहे हैं। वह उसे स्नानघर में जाकर हाथ-पाँव धोने का इशारा करते हुए कहती है, 'धूल और ताप से कुम्हला गई। रिक्शा नहीं मिला?'

लड़की काग़ज़ और दवाई वाला पॉलिथीन टेबल पर रखकर स्नानघर में जाती है। हाथ-मुँह धोती है। स्नानागार में गुलाबी टाइलें और गुलाबी सिंक लगा हुआ है।

एक बीस साल की लड़की मनोहार के साथ पिता से कह रही है, 'पापा! भाई की बात मत सुनना। जब भी बाथरूम में टाइल लगेगी, गुलाबी रंग की ही लगेगी। मुझे गुलाबी छोड़कर दूसरा रंग बिल्कुल पसंद नहीं है।'

टाइल लगने से पहले ही लड़की घर छोड़कर चली जाती है। जब लौटकर आती है तब गुलाबी टाइलों को देखकर अपने बीसवें बरस में कुछ क्षण के लिए लौट जाती है।

माँ की पुकार सुनकर वह स्नानघर से बाहर निकलती है। तौलिए से मुँह-हाथ पोंछती है।

माँ माछ-भात, चठेल की भुजिया, सलाद और पापड़ परोस कर लाती है। लड़की धीरे-धीरे खाती है, माँ जल्दी-जल्दी मछली से काँटे निकालकर उसके कौर में रखती जाती है।

थोड़ी देर बाद माँ अपने हाथों से उसे बड़े-बड़े कौर खिलाने लगती है। कुछ समय बाद लड़की कहती है, 'माँ, पेट भर गया। अब नहीं खाया जा रहा है।'

'दो जीभ वाली हो गई है, दुगुना खाना चाहिए, तू तो उतना भी नहीं खा पाती जितना पहले खा लिया करती थी। पेट को सिकोड़कर, देह को सुखाकर क्या मिला तुम्हें?'

लड़की कुछ नहीं बोलती है। बचा भात और मछली माँ को अपने हाथों से खिलाती है। दोनों के आँखों से अनवरत आँसू बह रहे हैं। गर्भ में शिशु हलचल कर रहा है। वह शायद नानी की गोद में आने को तत्पर है।

लड़की उदास मन से पूछती है, 'माँ! पापा कब लौटेंगे?'

माँ भी सूने मन से जवाब देती है, 'बेटा! एक घंटा कहकर गए हैं।'

लड़की सिर और मुँह पर दुपट्टा लपेटते हुए कहती है, 'चलती हूँ, वे आते होंगे। मैं शिव मन्दिर के पास के बरगद के पेड़ के पीछे खड़ी रहूँगी। वे जब रास्ते से आ रहे होंगे तब उन्हें छिपकर देख लूँगी। दस साल हो गए। वे मेरा मुँह नहीं देखना चाहते, मैं उनका मुँह देखने के लिए तरस गई हूँ।'

माँ एक लाल रंग की सूती की सिली हुई सलवार-कमीज़ लाती है और धीरे से कहती है, 'स्वीटी! मैंने तुम्हारी पुरानी सलवार-कमीज़ का नाप देकर

यह कपड़े सिलवाए हैं, दर्जी को थोड़ी ढीली बनाने को कहा था, लगा दस साल बाद देह पर और माँस चढ़ गया होगा। ब्याह के बाद मोटी हो गई होगी। तू तो इतनी दुबली हो गई है कि इन कपड़ों में डूब जाएगी। रख देती हूँ पॉलिथीन में, दर्जी से छोटा करवा लेना।'

लड़की माँ की तरफ देखती है। माँ के चेहरे पर लिखी विवशताओं को धीरे-धीरे पढ़ती है।

माँ की आँखें डबडबाई हुई हैं। माँ लड़की को छाता और कुछ रुपये पकड़ाती है। लड़की नहीं लेना चाहती है, माँ ज़बरदस्ती देती है। लड़की फिर तेज़ी से सड़क पर आ जाती है।

माँ बार-बार उससे कहती है, 'रिक्शा ज़रूर ले लेना। दामुचौक पर मिल जाएगा।'

लड़की दो-चार बार पलट कर देखती है। माँ हट-हट धूप में बिना चप्पल बेसुध खड़ी है। लड़की बढ़ जाती है।

थोड़ी देर बाद उसी घर में एक प्रौढ़ आता है। वह लड़की का पिता है। हाथ-मुँह धोकर टेबल पर बैठ जाता है। पत्नी खाना परोसकर लाती है। मछली, भात, चठेल का भुजिया, पापड़ और सलाद। प्रौढ़ लंबे समय तक परोसी थाली को ताकता है और मछली के रस के साथ दो-तीन कौर भात खाता है, फिर पानी पीकर उठ जाता है। पत्नी कुछ नहीं पूछती। थाली उठाकर सिंक में रख देती है। टेबल को साफ करती है और जाकर शयनकक्ष में लेट जाती है। प्रौढ़ कमरे में आता है। दीवार से सिर लगाकर पलंग पर बैठ जाता है।

औरत धीरे से पूछती है, 'स्वीटी की याद आ गई?'

वह क्रोधित होकर कहता है, 'मर गई हो तो इससे अच्छी कोई दूसरी बात न होगी। सिर की पगड़ी उछाल दी इस लड़की ने। नाक कटवाकर रख दिया। तुम उसे याद कर पाती हो?'

औरत ने कहा, 'हर साँस में याद करती हूँ। मेरी न पगड़ी है, न नाक, मेरे पास कोख है, दिमाग़ है और माँ का हृदय। कोख की टीस से हृदय ज़ोर-ज़ोर से धड़कता है और आँखें आँसू बहाती हैं। दिमाग़ कहता है, तुम ग़लत कर रहे हो।'

प्रौढ़ उसे देखता है। औरत उसकी तरफ पीठ करके आँखें बंद कर लेती है।

प्रौढ़ उठकर मेहमानख़ाने में आ जाता है और लगातार टहलता रहता है। एक घंटे बाद वह बेडरूम में झाँकता है, औरत सो चुकी है। वह पलंग के बगल में रखी अलमारी की दराज़ को धीरे-से खोलता है। स्वीटी की तस्वीर निकालता है, सीने से लगा लेता है और बिना आवाज़ किए फफक-फफककर रोता है। एक घंटे बाद उस तस्वीर को यथावत दराज़ में रख देता है। घड़ी देखता है। पाँच बजने को हैं। वह स्नानघर जाकर नहाता है। पैजामा-कुर्ता पहनता है और पत्नी को बिना बताए बाहर निकल जाता है।

शाम के सात बजे घर लौटता है। दरवाज़ा खुला है। वह अंदर घुसता है। उसकी पत्नी कहीं नहीं है। वह बार-बार हर कमरे में उसे तलाशता है मानो वह कोई छोटी-सी ज़रूरी वस्तु हो। टेबल पर एक पत्र पड़ा है।

पत्र में लिखा है -

प्रणाम!

स्वीटी के पास जा रही हूँ। अपने गहने भी ले जा रही हूँ। मेरे गहनों पर सिर्फ मेरा और मेरी बच्ची का अधिकार है। और कुछ भी नहीं लिया आपके घर से। जितना किया उस घर और आपके लिए उसके एवज़ में आधा घर भी उठाकर ले आती तो कम ही था। मुझे आपमें और बेटी में एक को चुनना था, मैंने बेटी को चुना। मैंने झूठे अहंकार और गैरबराबरी की वकालत करती सामाजिक मान्यताओं के बदले नई सोच, समानता और मनुष्यता को चुना। स्वीटी का पति आपके लिए मुसलमान है मगर

मेरे और स्वीटी के लिए एक मनुष्य। हमसे इतर जो उसकी पहचान आपने बना रखी है उस पहचान में उसकी इच्छा, योग्यता काम नहीं करती थी। स्वीटी भी तो आप जैसा पिता डिज़र्व नहीं करती थी, मगर उसे मिला न?

दस वर्षों से समझाकर थक गई। अब और क्या समझाना। न मुझे ढूँढ़ना, न बेटी को। आपकी बची-खुची नाक, बची रहे। आपकी हिली पगड़ी, संभली रहे।

विदा!

स्वीटी की अम्मा

लाजवंती

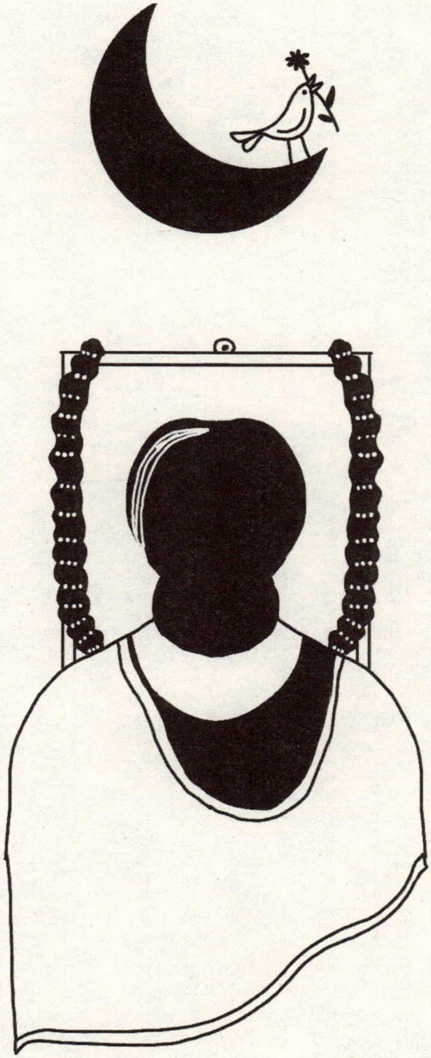

7

अम्फान, अमलतास और आत्मा

कन्नीकोना कहती थी बेटी

तुम पीले प्रेम पत्रों का झूला

मैं तब उसको सौतन कहती थी

जब तुम थककर घर आने से पहले बैठ वहाँ सुस्ताते थे

तुम रहे नहीं

ओह! आज गिरा यह अमलतास भी...

अम्फान की हवा से सब पेड़ उखड़ गए। वह अमलतास भी जिसके तले प्रसून चटर्जी थककर बैठ जाते थे। स्कूल से आते वक़्त रिक्शा नहीं मिलता तो घर के बगल वाली सड़क के किनारे दृश्य गीत गाते पेड़ों की छाँव में बैठकर थोड़ी देर सुस्ताते, फिर घर आते। कभी बाज़ार से आते वक़्त सब्ज़ी के छींटदार झोले को तने से लगाकर रख देते और पेड़ के चारों तरफ बने ईंटों के घेर पर बैठकर एकला चलो रे गुनगुनाते, एक दिन अकेले ही चल भी दिए इस दुनिया से... पत्नी प्रभा को एकदम अकेला छोड़कर।

प्रभा ने एक छींटदार झोला वत्सलता के पुराने फ्रॉक से बनाया था। चटक पीले रंग के झोले पर बैंगनी फूल के बूटे बहुत प्यारे लगते थे। प्रसून जी बड़े प्रेम से उसमें कभी सब्ज़ियाँ, कभी झींगा माछ, कभी हिलसा, कभी संदेश लाया करते थे। एक बार सुधाकर जी ने प्रसून जी के झोले पर व्यंग करते हुए कहा था, 'औरतों वाला झोला लेकर कहाँ जा रहे हैं, मास्टर साहब?'

प्रसून जी ने बिना कड़वाहट के, बड़े शांत भाव से मुस्कुराते हुए कहा था, 'जब बेटे के पुराने पैंट से बने झोले में प्रेम से सब्ज़ियाँ ख़रीदकर ला सकता हूँ तो दुलारी बेटी की पुरानी फ्रॉक से बने झोले में भी शान से सब्ज़ियाँ ले जाऊँगा। रंग का क्या है? बेटी की पसंद का है, पत्नी की कला और मितव्ययिता का प्रतीक चिन्ह है यह झोला, सुधाकर बाबू। झोले को झोला होने के लिए मज़बूत होना चाहिए ताकि सब्ज़ी और सामान का भार उठा सके, रंग तो मन की बात है।'

उनके बीच के संवाद के रेशमी तार को हल्का खींचते हुए, पास ही खड़े एक अजनबी ने उस दिन बहुत प्यारी बात कही थी। प्रभा को आज भी वह बात याद है – 'कितना प्यारा झोला है! चित्रकार हूँ, ख़ूबसूरत चीज़ बस ख़ूबसूरत होती है, स्त्री या पुरुष नहीं होती। ख़ूबसूरत बातें, व्यवहार और चीज़ें केवल स्त्री के लिए नहीं होती हैं, न ही केवल पुरुष के लिए। कला तो समरस सृजन का भाव है जो सबजन को सुख देता है।'

तीनों लोग फिर कहकहे लगाकर हँस पड़े थे। साथ में खड़ी प्रभा भी इन बातों को सुनकर मोम सा पिघल गई थी।

प्रभा की स्मृतिकोश से आज वह दृश्य शहद सा टपका और उसका अंतस गुलाबी हवा मिठाई हुआ जा रहा है। आज प्रसून जी की बहुत याद आ रही है। खाना बनाने का जी नहीं कर रहा है। सुबह चार रोटियाँ बनाई

थीं। दो रोटियाँ बारह बजे उदास मन से घोंट गई। दो यूँ ही पड़ी हैं। शाम होने को आई है। एक इन्द्रधनुष उग आया है पूरब में, ठीक इसी समय स्कूल से लौटते थे प्रसून जी और चाय की प्याली थमाते ही स्कूल पहुँचने से वापस लौटने तक की सब छोटी-बड़ी बातें प्रभा को एक-एक करके बताया करते थे।

चारों तरफ कोरोना के कारण लॉक डाउन है। चौबीस मार्च से आज बाईस मई लगभग दो महीने होने को आए हैं। सब घरों में बंद हैं। कोई आता-जाता नहीं है। बच्चों से विडियो कॉल पर बातें हो जाती हैं। टीवी पर समाचार सुनती है, बार-बार सुनती है। फिर अखबार पढ़ती है, एक-एक ख़बर को पन्नों से धोकर पी जाती है। तरह-तरह की किताबें पढ़ती रहती है। फिर कुछ देर डायरी भी लिखती है, स्मृतियों को आमंत्रण दे उनसे हँसी-ठिठोली करती है, कभी-कभी स्मृतियों से झगड़कर ख़ूब रोती है।

दीवार पर टँगी तस्वीरों से बोलते-बतियाते दिन की लंबाई को चुनौती देती प्रभा आज पैंसठ की हो गई और चार रोटियाँ हैं जो पीछा ही नहीं छोड़ रही हैं। दस साल की थी तब से रोटियाँ बनाती आई है। गाँव में मिट्टी के चूल्हे पर, फिर कोयले के चूल्हे पर, पीतल का स्टोव और अब गैस के चूल्हे पर। पीतल के स्टोव पर बनाती थी तो पीढ़ी (मचिया) पर बैठकर आराम से रोटियाँ बनती जाती थीं, मिट्टी के तेल की दौड़-भाग तो ज़रूर होती थी और कई बार तो कंट्रोल वाले भी लौटा देते थे। तेल ख़रीद कर चूल्हा जलाना पड़ता था, पर देह को आराम मिलता था बैठकर-सिमटकर खाना पकाने में। पाँच-पाँच किलो आटे की रोटियाँ यूँ बना लेती थी। देह भी तो दुबला था पर अब वज़न इतना है और गैस चूल्हे के सामने खड़े-खड़े पाँव में दर्द की लहर उठती है, पैर सुन्न सा हो जाता है। खाने के टेबल की कुर्सी लगा रखी है गैस चूल्हे के पास, बीच-बीच में बैठ जाती है। चार रोटी, एक सब्ज़ी बनाना, उठक-बैठक जैसा हो गया है, इसे प्रभा नियति की सजा कहती है।

उसकी सब हमउम्र सखियों के बेटे-बहू साथ ही रहते हैं, रंग-बिरंग के खाने और सेवा का सुख। उसके बच्चे दूर देश के पक्षी! रोटी कहाँ पटक दे किसको, कौन जानता है? रोटी से बड़ा विस्थापक और सम्मोहक कोई दूसरा नहीं, उसी की चलती है। लोग कौन-कौन से पाप-पुण्य नहीं करते इसे पाने के लिए।

घर के काम, साफ-सफाई, पूजा-पाठ सब निपटाकर वह खिड़की के पास प्रतीक्षा की मुद्रा में बैठ जाती है और झाँककर देखती रहती है सड़क पर आने-जाने वालों को, किसी-किसी को कभी-कभी टोक भी देती है, सब उसे अकेला जान हाल-चाल लेते रहते हैं। सब्ज़ी, फल, दूध, अखबार वाला, सब उसी खिड़की से सामान देकर चले जाते हैं।

दुपहरियों की हट-हट गर्मी में वह देखती रहती है अमलतास के फूलों का गिरना। रात को जब मन उचट जाता है तो खिड़की के पास आकर बैठ जाती है और जंगले को पकड़ कर निर्निमेष देखती रहती है दूर मंदिर में जलते दीये को। नौ बजे मंदिर का पट लगाकर पंडित जी चले जाते हैं तब केवल परिसर के तुलसी चौरा पर जलता हुआ दीया ही दिखता है जो कभी-कभी तुरंत ही बुझ जाता और कभी-कभी देर रात तक भूक-भूक कर जलता रहता है, प्रभा उदास रातों में उसे ताकते-ताकते ही खिड़की से लगकर सो जाती है। जब सुबह की किरणों का आना-जाना और अमलतास के पेड़ पर चिड़ियों की सुगबुगाहट बढ़ती है तो वह चौंककर जाग जाती है।

आदमी माचिस की तीली होता है। देह का उत्तरी ध्रुव चार ज्ञानेन्द्रियों और मस्तिष्क का क्रीड़ास्थल है और सारी आग वहीं से पैदा होती है, पूरा शरीर तो उस आग में जलने की नियति के साथ जन्म लेता है। स्मृतियों के ताप से मन व्याकुल है और देह सुस्त! शाम होने को आई है, बची दो रोटियाँ मुँह ताक रही हैं। झमाझम बारिश में स्मृतियाँ धुल गई हैं। आज पूरा दिन

किताबों की अलमारी ठीक करने में गुज़र गया। बस कुछ किताबें हैं जो सहेजकर रखनी बाकी हैं। वह अनमनी सी उठी, साड़ी की खूँट को कमर पर लपेटकर कुर्सी पर बैठ गई और किताबों की थाक लगाने लगी।

तभी सामने की कुर्सी हल्के से हिली और प्रभा ने पलकें उठाकर देखा तो देखती ही रह गई। उसे लगा वह चक्कर खाकर मुँह के बल गिर पड़ेगी। उसने टेबल पर हाथ रोपी और पानी के बोतल की ओर हाथ बढ़ाने की कोशिश की पर हाथ टस-से-मस नहीं हुआ। सामने अवल-धवल श्वेत पुष्प से प्रसून चटर्जी विराजमान हैं। वही चिरपरिचित मुस्कान, आँखों में एक मार्मिक नमी। दोनों एक-दूसरे को देखते रहे और समय साटन के कपड़े सा हाथ से फिसलता जा रहा है, अचानक ज़ोर की हवा चली और खिड़कियों के पल्ले चौखट से आ टकराए, दोनों का ध्यान टूटा। वह सम्मोहन के जादू से निवृत्त होकर फिर अपने काम में लग गई है। किताब को साइज़ के हिसाब से वर्गीकृत कर सहेजने लगी मानो कुछ भी अप्रत्याशित न हुआ हो।

प्रसून जी ने मुस्कुराते हुए संवाद सूत्र को पकड़ा और चहककर कहा, 'आहा किताबें!'

प्रभा ने संभलते हुए कहा, 'हाँ, तुम्हारी किताबें! क्यों ढेर कर दीं इतनी किताबें, कोई उलटने-पलटने, झाड़ने वाला भी नहीं है।'

तभी एक बिल्ली दीवार से गिरी। धप्प की आवाज़ से दोनों चौंक गए। फिर दस मिनट की अप्रत्याशित चुप्पी उनके बीच पुल बनकर खड़ी हो गई, उस पुल पर दबे पाँव चलने को व्याकुल प्रसून जी ने बात आगे बढ़ाई, 'बच्चे नहीं देखते?'

प्रभा ने झुकी पलकों के साथ उत्तर दिया, 'दो दिन के लिए आते हैं।'

चौंकते हुए प्रसून जी ने कहा, 'तुम्हारा सारा समय तो उनकी चाकरी में ही गुज़र जाता होगा न, प्रभा?'

प्रभा ने आँचल के छोर को आगे करते हुए कहा, 'जाने दो! मेहमान ही तो हैं, उनसे कौन सी आस?'

'आज बहुत थक गई, प्रसून! पूरे दिन लगी रही। हरिहर का कितना मान-मनौव्वल किया तब जाकर वह आया। कोई एक बार में बात नहीं सुनता, प्रसून, लोग पैसे भी ठग लेते हैं। रामदास छह महीने से पंखा रखे हुए है, सौ-सौ करके चार सौ रुपये ठगकर ले गया। मैंने तीरथ को कहकर अट्ठारह सौ में नया पंखा मँगवा लिया है। रिक्शा-भाड़ा और ऊपर से पाँच सौ रुपये भी दे दिए। पंखा लेकर आया तो चाय-नाश्ता भी करा दिया। थका था बेचारा! कंपनी ने छंटनी कर दी है, बहुत चिंतित था।'

प्रसून जी ने जिज्ञासा के साथ पूछा, 'सूरत में रहता था न?'

प्रभा ने नजर टेबल पर गाड़कर कहा, 'हाँ, लौट आया बीस दिन पहले, पैदल ही आया। दो बार पुलिस के डंडे भी खाए। मर कर आया है। कल बाजार जा रहा था तो मैंने कहा देखकर एक ढंग का पंखा ला दे। ले आया बेचारा। गरमी कितनी है।'

प्रसून जी ने पूछा, 'पंखा लग गया?'

प्रभा ने उदास होकर उत्तर दिया, 'न! अभी कहाँ? कल से पाँच बार फोन किया है हरीश को, आजकल-आजकल लगा रखा है। शाम में किया तो कह रहा था, कल ग्यारह बजे आकर लगा देगा।'

प्रसून जी ने करुणा मिश्रित प्रेम के साथ पूछा, 'गर्मी लगती होगी?'

प्रभा ने दोनों हथेलियों को रगड़ते हुए रूठे बच्चे की तरह कहा, 'न! तुम्हारे जाने के बाद सब बर्दाश्त करने की आदत हो गई। दस साल कम थोड़े ही होते हैं, प्रसून। भूल गए! दस साल हो गए तुम्हें गए। भूल गए न? बताओ न, आत्मा की भी स्मृतियाँ होती हैं?'

डबडबाती आँखों के साथ प्रसून जी ने कहा, 'आत्मा तो स्मृतियों का ही गोला है, प्रभा।'

प्रभा ने पलकें उठाकर पूछा, 'पढ़ना-पढ़ाना, गणित भी याद होगा?'

मुस्कुराते हुए प्रसून जी ने कहा, 'न! केवल जीवन का अंकगणित। बोलो प्रभा, दुखी हो न?'

प्रभा ने रुद्ध कंठ से कहा, 'नहीं।'

प्रसून जी ने आस-पास के माहौल को भाँपते हुए कहा, 'आज जन्मदिन है तुम्हारा, बधाइयाँ। सौ साल जियो, प्रभा!'

अश्रुपूरित नयनों और ढहती-बिखरी आवाज़ के साथ प्रभा ने उत्तर दिया, 'पैंतीस साल की पीड़ा का श्राप दे रहो हो। तुम्हें मेरी याद न आई, इसलिए दस साल लगा दिए मुझसे मिलने में।'

बेचैन भाव से प्रसून जी ने कहा, 'मैं गया कहाँ था? मंडराता रहा हूँ यहीं, तुम्हारे आस-पास। जिस दिन तुम रो रही थीं खिड़की से लगकर, मैं वहीं खिड़की के बाहर दीवार से लगकर मूसलाधार बारिश में फफक-फफककर रो ही तो रहा था।'

प्रभा ने संभलती आवाज़ में पूछा, 'फिर आए क्यों नहीं?'

सहमे बच्चे की तरह प्रसून जी ने जवाब दिया, 'डर लगता था, मुझे देखकर तुम डर न जाओ। तुम अब भी पूजा-पाठ करती हो?'

प्रभा ने सीधे जवाब दिया, 'हाँ।'

प्रसून जी ने पूछा, 'छोड़ क्यों नहीं देतीं?'

प्रभा ने बेमन से कहा, 'आदत है, डर भी। कभी-कभी लगता है, बंद घर में मर गई और कोई दस दिन तक सुध न ले तो सड़-गल जाऊँगी, चूहे न कुतर खाएँ और रात में जब घुटन महसूस करती हूँ तो दरवाज़े खोल देती हूँ। अगर मर जाऊँ तो लोग दरवाज़ा खोलकर देख लें मेरे मृत शरीर को और मेरे बच्चों को ख़बर दे दें। भगवान भरोसे हूँ तो भगवान को कैसे याद नहीं करूँ?'

प्रसून जी ने लंबी साँस खींचते हुए कहा, 'कुछ भी सोचती रहती हो। सब ठीक होगा।'

प्रभा ने उदास होकर कहा, 'अब साँस पहले सी आसान नहीं रही। जरा सा चलती हूँ, हाँफने लगती हूँ।'

प्रसून जी ने बड़े लाड़ से कहा, 'उम्र से ज्यादा बूढ़ी लगने लगी हो। ढंग से क्यों नहीं रहतीं, पहले की तरह।'

प्रभा ने सपाट प्रश्न पूछा, 'तुम आ सकते हो पहले की तरह?'

प्रसून जी ने गंभीरता के बाद कहा, 'संभव ही नहीं, अगर होता तो ज़रूर आ जाता प्रभा! बच्चों से ख़ुश तो हो?'

नकली मुस्कान ओढ़कर प्रभा ने कहा, 'अब यह प्रश्न तुम्हें नहीं पूछना चाहिए। तुम्हें पूछना चाहिए बच्चे तुमसे ख़ुश हैं कि नहीं? यह प्रश्न ज्यादा प्रासंगिक हो गया है।'

इस उत्तर के बाद प्रसून जी की आँखें डबडबा गईं। चेहरा लाल हो गया। संवाद थम गया। घड़ी टिक-टिक करती रही। झींगुर गाते रहे और रात सूत सी कटती रही, समय का चरखा चलता रहा।

प्रसून जी ने ख़ुद को संभाला और प्रभा से मनोहार करते हुए कहा, 'चलो उठो, मखाने की खीर बनाओ। आज तुम्हारा जन्मदिन है।'

प्रभा ने बेमन से कहा, 'मखाने की खीर तो मैं तुम्हारे जन्मदिन में बनाती थी।'

प्रसून जी ने प्रभा को पुचकारते हुए कहा, 'अब से तुम ही मैं हूँ। मैं खाना चाहता हूँ, बनाओ न प्लीज़।'

प्रभा की आँखों ने पूछा, 'कैसे खाओगे?'

प्रसून के मुस्कुराते होंठों ने जवाब दिया, 'तुम खाओगी और मेरी आत्मा तृप्त होगी।'

प्रभा ने घड़ी देखी नौ बजे रहे थे। वह उठी, बर्तन धोया और थरथराते हाथों से पतीला चूल्हे पर चढ़ाया। खाने की टेबल की सबसे दायीं कुर्सी पर बैठे प्रसून उसे एकटक खीर बनाते हुए देख रहे हैं और उनकी आँखों से अनवरत आँसू बह रहे हैं।

फफककर रोते हुए प्रभा ने पूछा, 'आज तक नहीं रोए। आज क्यों रो रहे हैं?'

प्रसून जी ने रुद्ध कंठ से उत्तर दिया, 'तुम्हारे लिए, प्रभा।'

प्रभा ने ख़ुद को संभालते हुए कहा, 'मत रोइए। मुझसे मीठा नहीं बनेगा।'

प्रसून जी ने आग्रह भाव से कहा, 'ख़ूब मीठा बनाओ, प्रभा, मैं खाऊँगा। देह के साथ मधुमेह भी छूट गया। देह के साथ व्याधि चली जाती है, पर मन कहाँ हल्का होता है? वह तो प्रियजनों के दुख में और दुखी और क्लांत हो जाता है।'

खीर पक गई है। ख़ुशबू से घर जाग उठा है। कोने-कोने से स्मृतियाँ टहलकर पास आ गई हैं। वे दोनों स्मृतियों से घिर चुके हैं। बची-खुची स्मृतियाँ कमरों में घुँघरू बाँध चहलकदमी कर रही हैं। मूसलाधार बारिश और बिजली की दिल दहला देने वाली गड़गड़ाहट में दो आत्माएँ ज़ोर-ज़ोर से धड़क रही हैं। प्रभा ने एक चम्मच खीर प्रसून की तरफ बढ़ाई। सभी स्मृतियों ने अपनी चहलकदमी बंद कर दी और उस दृश्य की पहेली को सुलझाने लगीं। शून्य का अन्नप्राशन। प्रसून जी मुस्कुराए और प्रभा के थरथराते झुर्रीदार शुष्क हाथों को चूमकर बोले, 'ऐसे नहीं खाऊँगा। तुम्हारा जन्मदिन है, तुम्हारे साथ खाऊँगा। एक मुख खाएगा, दो आत्माएँ तृप्त होंगी। मुझे ख़ुद के भीतर आने की अनुमति दो, प्रभा।'

दोनों का चेहरा आँसू से भीग चुका था। मेंढक, झींगुर, समय, स्मृतियाँ सब निःशब्द अपने भीतर संवाद को सोख रहे थे।

प्रभा ने काँपते मन और थरथराते देह से प्रसून को गले लगा लिया। उज्जवल, अवल-धवल प्रसून उसके भीतर प्राण की तरह प्रविष्ट हो गए। उसने एक विचित्र ऊर्जा और नव जीवन की पुलक महसूस की। अचानक बारिश थम गई। मेंढक, झींगुर और स्मृतियाँ स्वर के साथ नृत्य करने लगे। प्रभा को ज़ोर से भूख लगने लगी। उसने हिम्मतकर चम्मच उठाया और पूरी कटोरी खीर खा गई। उसने एक असीम तृप्ति का अनुभव किया।

चारों तरफ अँधेरा फैल चुका है। सामने से उठकर वह प्रकाश उसके हृदय में प्रविष्ट कर चुका है, तत्क्षण मन पुष्ट और निष्फ़िक्र सा हो गया है। एक आस जगी है। वह उठी और बची हुई मखाने की खीर को फ्रिज में रख दिया। खिड़की से बाहर झाँककर देखा, मंदिर का भुकभुकाता दीया अब बुझ चुका था मगर उसके भीतर की लौ अनवरत जल रही है। उसने खिड़की बंदकर दी। पति की तस्वीर पर चढ़ी माला को उतार दिया, वे फिर

से जीवित हो गए। इस बार उसने पति की प्राण प्रतिष्ठा स्वयं की है, ख़ुद के प्राण में, ख़ुद के ख़ूब भीतर और पूरे विश्वास के साथ। हर दिन पति की तस्वीर देखते-देखते उसकी आँखें लग जाती थीं पर आज उसने ख़ुद की छाती को बड़े प्यार से थपथपाया और आँख लग गई।

इतने प्यार से स्वयं को आजतक उसने कभी नहीं थपथपाया था। मेंढक अब भी टर्रा रहे हैं, मूसलाधार बारिश फिर से शुरू हो गई है। एक प्राण और दो आत्माओं वाली देह वैसे ही सो रही है जैसे लोरी सुनकर कोई शिशु सोता है, निश्चिंतता का चंदन मुँह पर लिपा है। आस-पास रखे सब सामान उत्सव गीत गा रहे हैं। जीवन की गंध में कैनेडियन लिली की सुगंध मिल गई है। रातों रात अमलतास खड़ा हो गया है ख़्वाब में...

8
फेसबुक और पाप

सर्वेश उपाध्याय बड़े आलोचक, उपन्यासकार, लेखक और कवि हैं। उन्होंने चार दशक पत्रकारिता को दिया है। तीस किताबें लिखी हैं और आधे दर्जन से अधिक किताबों का संपादन किया है।

साढ़े छह फुट के पचहत्तर साल के सर्वेश जी जब जवान थे तो बड़ी संख्या में लोग उन्हें देखने और सुनने आया करते थे। राजनीतिशास्त्र में एमए और पीएच डी सर्वेश जी बड़े शौक से कपड़े ख़रीदते हैं और उससे भी ज़्यादा सलीके से कपड़े पहनते हैं। पत्नी दिल्ली विश्वविद्यालय में अँग्रेज़ी पढ़ाती हैं। दोनों की इकलौती बेटी रक्षन्दा उपाध्याय देश के बड़े समाचार पत्र में चीफ एडीटर है।

सर्वेश जी आजकल कुछ नहीं करते। पिछले दस सालों से उनकी बदली ज़बान और तहज़ीब ने उन्हें उथले बुज़ुर्गों में शामिल कर दिया है जो हमेशा

फेसबुक पर लगे रहते हैं। ख़ूबसूरत लेखिकाओं से हँसी-ठिठोली करके उनका दिन कटता है। उनकी बढ़ती फूहड़ता के कारण लोग उन्हें गंभीरता से नहीं लेते हैं।

उनकी एक बहुत बुरी आदत है, रात के बारह बजे के बाद शराब में टुन्न होकर फेसबुक पर पोस्ट लिखने की जिसमें निरर्थक बातें होती हैं। कभी सरकार को गाली देते हैं, कभी प्रशासन, कभी लेखक, कभी कवि, कभी दक्षिणी पंथियों को तो कभी वामपंथियों को। समान भाव से सबों को गाली देने की यह अद्भुत क्षमता उन्हें अमूमन पाँच-सात पैग लगाने के बाद आ जाती है। आजकल वे मध्यममार्गी लोगों को भी गालियाँ देने में सिद्धहस्त हो गए हैं। स्त्री विमर्श, दलित विमर्श, आदिवासी विमर्श न जाने कौन-कौन से विमर्शों की हवा निकाल चुके सर्वेश जी की एक दिन ऐसी हवा निकली कि पिचके आम सा मुँह लिए बैठे रहते हैं दालान पर।

अट्ठारह-अट्ठारह घंटे फेसबुक, मैसेंजर, व्हाट्स अप पर रहने वाले उपाध्याय जी अब उस फोन को छूते भी नहीं हैं जिसे वे सोते वक़्त सिरहाने में रखकर ही सोते थे। ग़ुसलख़ाने भी हाथ में मोबाइल लेकर जाने वाले उपाध्याय जी आजकल गुमसुम रहते हैं और फोन को छूना तो दूर उसे चार्ज भी नहीं करते। उन्होंने अपना मोबाइल छज्जे के स्टोर बॉक्स में 'स्वीच ऑफ' करके रख दिया है। आजकल किचन गार्डन में हरी मिर्च उगाते हैं। हालाँकि आजकल उनका किचन में प्रवेश निषिद्ध है।

उनका एक ही जिगरी दोस्त था जो मन के सुख-दुःख के साथ कुरकुरे, चिप्स आदि बाँटा करता था, वह था उनका नाती गोलू। आजकल वह गोलू भी मौन हड़ताल किए है। अच्छा-खासा उछलता-कूदता, बोलता रहता है पर नानू को देखकर अपनी माँ के कमरे में भाग जाता है। मजाल कि एक कुरकुरे का टुकड़ा नानू को दे दे।

घर में यह आलम हफ्ते भर से है। पर उपाध्याय जी के चेहरे पर सदियों का दुख लेकर आया है। हफ्ते भर में रंगे बाल सफेद होने लगे हैं, चमकते चेहरे पर चिंता की गंभीर रेखाएँ और झुर्रियाँ आ गई हैं, ताजमहल से खंडहर हो गए हैं।

हुआ यूँ कि एक हफ़्ते पहले उनकी बेटी ने फेसबुक पर एक पोस्ट पढ़ी जिसमें एक लेखिका ने लिखा था कि किस तरह विधवा जानकर उपाध्याय जी सहानुभूति जताने के बदले प्रेम पत्र लिख-लिख कर उन्हें परेशान करते हैं।

लेखिका एक ज़माने में उनकी सहपाठी थी, तब से जनाब उनके पीछे पड़े हैं। पर तमाम हथकंडे अपनाने के बावजूद वह उपाध्याय जी को नहीं मिली और उनकी शादी एक बड़े चित्रकार से हो गई। तीन साल पहले जब उनके पति का देहावसान हो गया, तब से उपाध्याय जी ने लेखिका के घर आना-जाना बढ़ा दिया है। बेचारी लेखिका करे तो क्या करे। शुरू-शुरू में परिचित जानकर गेट खोल देती, बाद में जब वह उपाध्याय जी की नियत से आहत हुई तो उन्होंने उनसे दूरियाँ बरतनी शुरू कीं। अब लेखिका जी उपाध्याय जी के बीस बार कॉल बेल बजाने पर भी दरवाज़ा नहीं खोलती हैं। जब लेखिका ने परेशान होकर घर का दरवाज़ा खोलना बंद कर दिया तो जनाब मैसेंजर पर पाँच पैग पी-पी कर प्रेम पत्र रात के दो-तीन-चार बजे भेजते रहे। कभी-कभी एक रात में दस बारह मैसेज भेजते। लेखिका जी की दोनों बेटियाँ विदेश में रहती हैं। लेखिका ने बेटियों से मदद माँगी। बेटियों ने फेसबुक पर उपाध्याय जी को ब्लॉक करने का उपाय बताया।

इसके बाद लेखिका जी ने एक पोस्ट फेसबुक पर लिखी जिसमें उपाध्याय जी की इकलौती बेटी को टैग किया। उपाध्याय जी की पत्नी फेसबुक का इस्तेमाल नहीं करती थीं, पूरे दिन व्यस्त रहती हैं। उन्हें इन बातों की कोई ख़बर ही नहीं थी। बेटी ने जब टैग किए गए पोस्ट को पढ़ा तो शर्म से गड़

गई। उसे अपने पिता की इस हरकत पर बेहद ताज्जुब हुआ। संभलती-संभालती ऑफिस से घर पहुँची और रोकर माँ को सब बात बताई।

उपाध्याय जी की पत्नी ने जब ये जाना और वह पोस्ट पढ़ी तो उनके पाँव तले ज़मीन खिसक गई। एक स्वाभिमानी और आत्मनिर्भर महिला को बहुत ठेस पहुँची।

उपाध्याय जी का रसोई में प्रवेश बंद हो गया। उन्हें बरामदे से सटे कमरे में विस्थापित कर दिया गया और घर के सभी सदस्यों को उनसे बातचीत न करने का आदेश मिला। घर में कुल पाँच लोग, दामाद जो प्राइवेट कंपनी में मैनेजर हैं, बेटी, नाती और पत्नी। उपाध्याय जी को छोड़कर सब अपने काम में इतने व्यस्त रहते थे कि किसी को कभी इनकी जासूसी करने या फोन छूने की फुरसत ही नहीं थी। परिवार के सब सदस्य दिन भर घर से बाहर अपने काम पर और ये दिन भर फेसबुक पर। सब समय से खा-पीकर सो जाते, सबको सवेरे काम पर जाना होता पर ये पूरी रात फेसबुक और मैसेंजर-मैसेंजर खेलते रहते। किसी को कोई भनक नहीं लगी कि जनाब कौन-कौन से गुल खिला रहे हैं।

भला हो उस लेखिका का, जिसने हिम्मत कर इनकी बेटी को अपनी पोस्ट से टैग किया और उपाध्याय जी की सच्चाई सामने आई।

सच्चाई सामने आने के बाद परिवारवालों ने बलपूर्वक उनका मोबाइल फ़ोन छीनकर उनके फेसबुक और मैसेंजर को चेक किया। इनबॉक्स में किसी को मधुबाला, किसी को नरगिस, तो किसी को माधुरी बोला गया था और क्या रंगीन मिज़ाज वाली मखमली शायरी, क्या ही नज़ाकत से प्रेम परोसा गया था... वो भी रात के हर पहर में।

घर के तीनों वयस्क सदस्य उनके मैसेज पढ़कर हतप्रभ थे।

एक परेशान, स्वाभिमानी और सुंदर चरित्र की महिला को क्या-क्या लिखकर भेजा था, महान आलोचक और दर्जनों किताब के लेखक श्रीमान सर्वेश उपाध्याय ने।

पत्नी के मुँह से बस एक ही बात निकली, 'इतना पढ़-लिख कर क्या? जब भली स्त्रियों को रात-बिरात, पहर-दोपहर तंग करने का धंधा ही करना था।'

उपाध्याय जी पिछले दस सालों से इन कर्मों में संलिप्त थे। किसी को कानों-कान ख़बर नहीं हुई। लेकिन कहते हैं न एक दिन पाप का घड़ा फूटता है... सो हफ़्ते भर पहले वह ऐसा फूटा कि जीवन भर एक गीलापन तन-मन में महसूस होगा। कभी आँख उठाकर नहीं देख पाएँगे। फेसबुक पर इस पोस्ट के बाद सबों ने उनकी ख़ूब थू-थू की। सब पंथ वालों ने इनकी बहुपंथी आलोचना की।

बड़े तो बड़े छोटा नाती गोलू भी इनके पास नहीं आ रहा है।

रोज़ एक पैकेट ब्रेड ख़रीद कर लाते हैं। रसोई, फ्रिज सब में ताले लगे हैं। ब्रेड कच्चा ही खा जाते हैं, नाती कभी-कभी पूछ लेता है, 'नानू, ब्रैड सेंक क्यों नहीं लेते?'

वे रसोई के दरवाज़े पर लगी कुंडी को देखकर सहम जाते हैं।

आजकल आत्मकथा और संस्मरण बिल्कुल नहीं पढ़ते। कई लेखकों की आत्मकथाओं में उपाध्याय जी की जवानी के दिलफेंक किस्से एक लाइन, पाँच लाइन, एक अनुच्छेद या कभी-कभी एक-दो पेज लंबे में भी मिल जाते हैं।

जब भी किसी मित्र, सहयोगी, पहचानवाले की आत्मकथा या संस्मरण बाज़ार में आता है तो सबसे डरे हुए उपाध्याय जी ही रहते हैं। आलोचना तो कब की करनी छोड़ दी। कहानी-कविता सब रूठी है। पत्रकार विवादों पर इंटरव्यू लेने को बेकरार, पर ये न देने की कसम खाए आउटहाउस में पड़े रहते हैं। न मित्र आते हैं, न ये किसी के घर जाने लायक मुँह रख पाए हैं। कभी कोई दोस्त मिल भी जाता है तो अपनी पत्नी को ओट कर ऐसे खड़ा हो जाता है मानो उपाध्याय जी उनकी पत्नी को नज़र लगा देंगे।

लेखिका प्रसंग के बाद पत्नी और बेटी के दबाव में उपाध्याय जी को फेसबुक पर सभी महिलाओं से क्षमा माँगनी पड़ी जिन पर उन्होंने आपत्तिजनक टिप्पणियाँ की थीं या जिन्हें मैसेज कर-करके परेशान कर रखा था।

आजकल पोस्टमैन संस्मरण या आत्मकथा की जो भी किताबें लाता है, उपाध्याय जी पोस्टमैन से नहीं लेते हैं और उसे वापस ले जाने को कहते हैं।

कांड के बाद से उपाध्याय जी ने अपना फेसबुक अकाउंट बंद कर रखा है। पीते तो आज भी हैं पर रातों में रसपिरतिया के बदले निर्गुण गाते हैं।

फेसबुक गड़े पाप उखाड़ता है...

9
मृत पिता की चिट्ठी

प्रिय अमिताभ,

स्नेह!

अब भी तुम्हारे गालों पर डिंपल पड़ते होंगे न?

आज तुम सोलह साल के हो गए। मैं सालभर पहले तुम्हें छोड़कर चला आया। तुम्हारे माथे पर अब एक-आध शिकन होगी और जेब बिल्कुल ख़ाली होगी। एक हाथ में कलम और एक हाथ में किसी मॉल या ऑफिस का लेपटॉप होगा जिससे तुम महीने भर का ख़र्चा और स्कूल की फीस जुटाते होगे। खाना अब द्वितीयक आवश्यकता की श्रेणी में आ गई होगी।

तुम्हारी वह मुस्कान जब भी याद आती है... मरने का बहुत अफ़सोस होता है मुझे। मैं मरना नहीं चाहता था। चाहने से कुछ नहीं होता है, शायद इसलिए मर गया। यहाँ नहाने-धुलाने, खाने जैसी आवश्यकताएँ खत्म हो चुकी हैं। मगर एक भार हमेशा

आत्मा पर लदा रहता है। स्मृति का भार, सृष्टि की सबसे भारी वस्तु है। जो अदृश्य है मगर दृश्यों में संग्रहित है। इस मोटरी में असंख्य चित्रों वाला ऐल्बम है।

तुम गुनगुना तेल लगाकर मुझसे पूछ रहे हो, 'हो गया पापा? मैं अब पढ़ने जाऊँ?'

मैं कहता हूँ, 'अभी थोड़ी देर और बैठो न पास में। निहारना चाहता हूँ तुम्हारा चेहरा।'

तुम ऑग्रेनिक केमेस्ट्री की किताब लेकर आते हो और ठीक मुख के सामने बैठकर न्यूमेरिकल बनाने लगते हो।

मैं तुममें घुलने लगता हूँ।

तीर्था परवल में मसाले भरकर उसे तल रही होती थी। सुगंध नाक तक पहुँचती थी और मन करता था कि भरूआ तले परवल और गरमागरम भात खाऊँ। दाल खाने की इच्छा एकदम ख़त्म हो गई थी तब।

दाल तो बस चौदह साल तक ही अच्छी लगी मुझे। खेत की अरहर की दाल। भूनी और दरी। जब घी के साथ पकती पूरा घर गमक उठता था।

गाँव से जितना दूर हुआ दाल से उतना विरक्त। गाँव दूर होता जाता था। भूख बढ़ती जाती थी और अन्न कम होता जाता था। लगता है अतृप्त ही मरा। पिता की कमाई से ही भरपेट खाया। अपनी कमाई से किसी पहर कभी भी भरपेट नहीं खा सका।

हँसोगे कि मोटा-ताज़ा तो था, तुमने जब कंधे पर उठाया होगा। तब वज़न और भी अधिक होगा।

वह वज़न तुम उम्र भर महसूस करोगे।

तुम्हारी माँ की और तुम्हारी नाक बड़ी तीखी और सुंदर है। तुम्हारी माँ की सभी कामनाएँ अधूरी ही रहीं, मुझे लगता है अपनी कामनाओं का एक छटाक भी वह मुझसे व्यक्त नहीं कर पाई जो व्यक्त किया उसका एक छटाक भी मैं पूरी नहीं कर सका।

आजकल डेढ़ सौ टिफ़िन बनाती है दो बजे से उठकर। उसकी रात कब होती है?

उसने रात और दिन को फेंटकर जो बनाया है, उसे ही शायद संघर्ष की बेला कहते होंगे लोग।

उसकी हथेली पहले से अधिक खुरदरी हो गई होगी।

वह बंगाली तात साड़ी वाला अब भी आता है क्या?

हर साल आता था पर कभी तीर्था ने कुछ भी नहीं ख़रीदा। देखती ज़रूर थी उसका मन रखने के लिए और अगली बार आने का आग्रह कर उसे लौटा देती थी। कितना भार लेकर वह तीसरी मंज़िल पर आता है, यह कहकर वह रसोई में चली जाती थी। हर बार साड़ी वाले से पूछती थी, 'ऊपर क्यों चले आए। मुझे लेना होगा तो मैं नीचे चली आऊँगी।'

वह हँसकर कहता था, 'दीदी, आपको इस वक़्त काम से फुर्सत कहाँ कि सड़क पर कान जमाओ।'

कहता तो वह बिल्कुल ठीक था। तीर्था पूरा समय रसोई और घर के काम में निकाल लेती थी। देर रात सोती और अहले सुबह उठती थी।

कोई चिंता थी जो उसे न सोने देती, न बैठने देती थी।

अब चिंता और अधिक होगी तो और भी कम सोती-बैठती होगी।

यहाँ दिन भर प्रकाश रहता है। अंधेरे जैसी कोई भी चीज़ नहीं है यहाँ। देह का भार नहीं है मगर मन के सब दुःख जस के तस हैं।

हल्दी रंग वाला मेरा कुर्ता तुम छोटा करवा लेना और पहनना। मुझे वह कुर्ता बहुत पसंद था। उसके साथ कजली रंग की बंडी ख़रीदकर पहन लेना। मेरा बड़ा मन करता था कि पुराने बाज़ार के पास वाले बर्मा बाज़ार से एक सस्ती और गर्म हरी बंडी ख़रीदकर पहनूँ। मगर हमेशा हाथ तंग ही रहा और मैं अपने लिए ख़र्च करते वक़्त कभी उदार नहीं रहा।

तुम्हारे भी हाथ तंग होंगे, कभी-कभी ख़ुद के लिए उदार हो जाना, यह ख़ुद पर किया गया सबसे बड़ा उपकार होता है।

हरा चना राबर्ट चौक के बाद वाली गली में मिलता है वहीं सितावन नाम का आदमी ठेला लगाता है। उसके पास से

सस्ते दाम में अच्छा मिल जाएगा। तुम्हें पसंद है न? पाव भर ख़रीद लेना। तीर्था को भी बहुत पसंद है। प्याज के साथ हल्का भूनकर तुम दोनों खाना। नींबू मत डालना, तीर्था को बिल्कुल पसंद नहीं है खट्टी चीज़ें। मैं किसी जन्म में, गर्मी के मौसम में उसके जीवन में वापस लौटना चाहता हूँ। इसी जिद पर यहाँ विचर रहा हूँ।

मैं उसके लिए तात की कई साड़ियाँ और ख़ूब सारा वक़्त लेकर आऊँगा। तुम्हारे लिए नीली फ्रॉक लाऊँगा। अगले जन्म में मेरी बेटी बनोगे न?

एक असमर्थ पिता,

जो असमय मरा

10
आमौर और चमौली

याद आती है, उसकी याद आती है

कौन है वह?

और कैसी पहचान है?

यह कोई आम कहानी नहीं थी। कोसी की धार में बहुत सी स्त्रियों के दुख बहे हैं। आमौर का दुख क्यों नहीं बह पा रहा है? कोसी का हृदय कितना विशाल और गहरा है, फिर भी वह उसके दुख को स्वयं में समा नहीं पा रही है।

इतना पानी बह जाता नदियों में मगर उसकी गति और उसके गहरेपन में एक छटाँक की कमी नहीं आती। स्त्री के साथ ऐसा नहीं होता है, उसके जीवन में दुखों की कमी नहीं है। उम्र के साथ उसमें गंभीरता तो आ जाती है मगर गति पहली सी नहीं रहती है। वह धीरे-धीरे थिराने लगती है। गति कम होती जाती है और मन-माथा है कि दिन प्रतिदिन भारी होता जाता है।

आमौर जाफरी खोलकर बाहर देखती है। धार में बालू है, बालू में बिल्कुल लैस नहीं है। रामकुमार की अम्मा थोड़ी दूर पर गाय के गोबर से उपले बना रही है। यूँ ही उग आए कागज़ी नींबू के पेड़ में ढेर सारे नींबू निकल आए हैं। वह थोड़ी देर आस-पास बऊआती है। नहर के उस पार नाव लगी रहती है। वहाँ मल्लाहों की छोटी-सी बस्ती है।

वह लौटकर घर आई और अपने कमरे में चली गई।

उसकी बगल के कमरे में समधिन रहती है। वह लेटकर किताब पढ़ रही है। बहू गर्म दूध का गिलास आँचल से ढाँपकर अपनी माँ के कमरे में जा रही है। उसे याद आता है कि बिल्कुल ऐसे ही तो वह गर्म दूध का गिलास कुछ साल पहले तक इसी बहू के कमरे में आँचल में ढँककर पहुँचाती थी ताकि बेटियाँ न देख लें। वे बेटियाँ जो मायके में दिनभर खटतीं, चौका-बर्तन करती हैं। उन बेटियों से छिपाकर आराम फरमाती बहू के कमरे में आँचल से ढँककर दूध पहुँचाना।

चमौली दो जिह्वा थी। उसकी नज़र कभी-कभी पड़ जाती थी मगर तब वह भी ऐसा जताती मानो उसने माँ को देखा ही नहीं।

वह सोचती थी,

वह बेटी है। कितना भी कुछ कर ले दूध, गहने, मलाई, मेवा, पाई-कौरी, ज़मीन-जत्था उसके हिस्से नहीं आने वाली, फिर छिपा कर दूध क्यों देना? छिपाकर रोटी में घी क्यों लगाना? जैसे बेटे की रोटियों में दिखाकर घी लगता है वैसे ही बहू की रोटियों में भी माँ को लगाना चाहिए। जैसे बेटे को सबके सामने दूध और मलाई का गिलास थमाया जाता है वैसे ही दिखाकर बहू को भी थमाए। जब हम आजतक भाइयों को ज़्यादा मिलने पर नहीं बोलीं तो भाभियों को स्पेशल सत्कार मिलने पर क्यों नाराज़ होंगी?

इतना झूठ बोलने और नुक्का-छिप्पी करने की क्या ज़रूरत है? फिर माँ का भाभी को यह कहना कि वह ननदों को कुछ न बताए। भाभियों की नज़र में ननदों को भिखमंगा बनाना ही है न? भाभी नहीं बताएगी कि उसके पास अच्छी साड़ी, माँ के गहने कैसे आए और उनका घर निपते-पोंछते वक़्त पलंग के नीचे से ख़ाली दूध का गिलास हर दिन क्यों निकलता है? ननदें बिना बताए सच नहीं जान पाएँगी क्या? वे गूँगी, बहरी, अंधी नहीं हैं।

उन्हें बोलने नहीं दिया जाता, उन्हें देखकर भी अनदेखा करने की ट्रेनिंग दी गई है, उन्हें सुनकर भी अनसुना करने की सख़्त तालीम मिली है। वे सब जानती हैं, बेटी है बस इसलिए चुपचाप सब सहती जाती हैं। जो दुख दीजिए तो गाय भी एक लात मारती है मगर बेटियाँ दुख भी पाती हैं और लात-बात भी सहती हैं। दुख से पेट भरा है हम स्त्रियों का। दो जिह्वा हो या एक जिह्वा हमें कम ही मिलेगा खाने-पीने, पहनने, रखने, पढ़ने-लिखने को। हमें चौका-बर्तन, सिलाई-कढ़ाई खेती-बाड़ी के काम में पिसना ही है। दिन भर में बारह तरह के काम, कभी जन-मज़दूरों की खुराकी बनाना तो कभी अनाज को बोरे में भरकर सुए और सुतरी से सिलना। अन्न तौलकर मज़दूरों को भोजन देना और आँगन निपने के बाद भाइयों की गुरारती आँखों को बर्दाश्त करना है। दाँत कींचकर भाई बोलते रहते हैं, माँ भी सुनती है, बहनें भी सुनती हैं।

आज आमौर ने जब बहू को देखा तो उसे बेटी के साथ किए गए अपने दुर्व्यवहार का दुख हुआ। उसे पश्चाताप हो रहा है। वह अपनी मृत बेटी चमौली को एक गिलास गर्म दूध पिलाना चाहती है। उस गर्भवती चमौली को जिसने कोठी को धान के बोरों से भर दिया था और निढाल होकर ज़मीन पर जो गिरी तो फिर कभी नहीं उठी। उसी चमौली को जिससे छिपा-छिपाकर वह सुसुम दूध और मेवे अपने बहू-बेटे के कमरे में पहुँचाती थी। उसकी वह बेटी चमौली मौत के बाद कहाँ रहती है? कागज़ी नींबू के पेड़ के पास, उसे नींबू का शरबत बहुत पसंद था।

वह नकमुनिया के लिए तरस जाती थी। कमरे की कुंडी लगाकर नोट की गड्डियाँ बनाई जातीं। न पिता, न भाई, न माँ को कभी चमौली के लिए शौक हुआ कि उसे एक दामी साड़ी ही दे दे। एक सोने की नकमुन्नी ही सही। आज आमौर का मन है कि वह एक भरी का कान का झुमका चमौली को दे दे। कितना शौक था उसे, कितनी लालसा कि कभी पैसे हुए तो झुमके पहन कर देखूँगी। मगर अब वह है ही नहीं। चमौली मरकर कहाँ गई? शायद नहर के पास गई होगी, वहीं नहा रही होगी और अपना तर्पण स्वयं करेगी वह। उसके देह से उसके मरे शिशु का रक्त बह रहा होगा। बथान पर गाएँ रंभा रही होंगी।

आमौर अगले दिन घर के पीछे की जाफरी से निकलकर फिर बाहर आ गई। कड़ी धूप है, नहर में पानी शांत है। नींबू के हरे पत्ते चमक रहे हैं। आमौर के काका कहते थे, आत्मा नहर के तट पर स्नान करती है।

आमौर रोज़ आती है मगर चमौली की आत्मा नहीं मिलती। रूठी है चमौली... मान जाएगी। कटहल-आम के पकने का मौसम तो आने दो। वह रह नहीं पाएगी। पके आम-कटहल की गंध उसे खींच लाएगी।

उसे माँ का मोह नहीं खींचेगा, उसे फलों की ख़ुशबू खींच लाएगी। माँ से कैसा मोह जो जन्म से भेदभाव कर रही है। ज़मीन जत्था तो बाबू (पिता) के हाथ में था, रसोई तो आमौर के हाथ में थी। कटोरी में दाल और दूध बराबर देना उसके लिए इतना कठिन तो न था? अपने आधे दर्जन झुमकों में से एक बेटी को पहना देने जितनी उदारता भी न थी उसमें।

कहाँ गए उसके सारे झुमके? एक झुमका तो आज भी उसके कान में लटक रहा है। चार झुमके उसने बहू को दे दिए। एक बहू को चार, एक बेटी को एक भी नहीं। कौन सा मैल लगाकर पैदा होती हैं बेटियाँ कि माँ को कुछ भी कीमती और सुंदर उन्हें देने का मन नहीं करता। कौन सी दुर्गंध लेकर

आती हैं बेटियाँ कि उसे भगाने के लिए माँ-बाप-भाई सब परेशान। कौन सी अक्षमता लेकर आती हैं बेटियाँ कि उस घर-आँगन, खेत-जोत का एक हिस्सा भी न पा सकीं जिसे बनाने में उनकी इतनी मेहनत लगी होती है।

भाई तो हमेशा से बाहर शहर में पढ़ता था। वही थीं जो मेड़ों पर खड़े होकर धान की बुआई करवातीं, बारिश में भीगते हुए मज़दूरों को बुलाने जातीं, कड़ी धूप में हर खेत का दौरा करतीं और वहाँ हो रहे काम की देखभाल करतीं। मज़दूरों के ख़ुराकी की चालीस-चालीस रोटियाँ पाततीं। मरूए की रोटी। एक रोटी आधे किलो की। नारियल तेल के टिन के डिब्बे से आटा नापकर लेतीं और सानकर पातती जातीं मानो चालीस-पचास रोटियाँ चूल्हे और लकड़ी पर बनाना दुनिया का सबसे आसान काम हो। शरीर से पसीना बहता रहता मगर हाथ चलता रहता। बीस जोड़े बैल चलते खेतों में। चालीस मज़दूरों की ख़ुराकी बनती। मरूए की रोटी पर नमक, कड़ू तेल और प्याज़ का एक टुकड़ा। दोपहर में टूटे चावल यानि की खुद्दी का मरगिला और आलू का चोखा।

शाम में आठ कुड़ी में से एक कुड़ी लेकर लौट जाते वे मज़दूर।

मज़दूरों को भी मेहनत करने पर आठ ढेर अन्न में से एक ढेर अन्न मिल जाता है। मगर बेटियों को एक तिनका भी नहीं मिलता। बंधुआ मज़दुर हैं बेटियाँ, खटती रहो मिलेगा कुछ नहीं। बेटे शहर बाज़ार से पढ़-लिखकर आते हैं और मालिक बन जाते हैं। माँस, मछली, तरकारी, घी, मलाई, आम, कटहल, केला खाकर शहर वापस मगर ज़मीन, धन-धान्य सब उनका।

आमौर को लगता है, नाराज़ चमौली कभी-न-कभी धार के पास उसे मिल ही जाएगी।

वह हर रोज़ दोपहर में जब सब दोपहर का भोजन कर आराम कर रहे होते हैं, तब पीछे की जाफरी से बाहर निकलकर बलूही माटी पर बैठ जाती है। तपती माटी का दुख आमौर के दुख में समा जाता है। दुखों का मेल-घेल मन और देह को मंथर कर देता है। दुख तो जोरन है छह-छह दूध-से बहते मन और देह को जमा देती है। फुदक कर उठने और चहक कर काम करने का दिल ही नहीं करता।

बलूही मिट्टी पर हर रोज़ आमौर बैठकर सोचती,

वह तो अनपढ़ थी जो आस-पास देखा वही सीखा। मगर चमौली के बाबू (पिता) तो बीए पास थे। दुनिया देखी, शहर देखा, इतनी मोटी-मोटी किताबें पढ़ी मगर यह क्यों नहीं बताया कि बेटियाँ केवल काम की मशीन नहीं होती हैं, वे भी बेटों की तरह ही इंसान होती हैं, फक़त इंसान। उन्हें भी भूख-प्यास लगती है। उनका भी मन करता है कि माँ-बाप, भाभी-भाई जैसा अच्छा खाएँ, पिएँ और पहनें। उनकी भी तालीम चाक-चौबंद रखनी चाहिए।

कुछ न बताया चमौली के बाबू ने, कम-से-कम मुझ मूर्ख को इतना ही बताते : और कुछ न तो गिलास भर दूध, दो अच्छे कपड़े-गहने तो बेटियों के नसीब से छीनने जैसा पाप माई-मतारि होकर मुझे नहीं करना चाहिए...

किसी ने कुछ भी नहीं बताया। चार महीने पर गुरुदेव भी आते थे रेहरिया गाँव, मगर उन्होंने ने भी कभी यह बात नहीं बताई। कभी लड़की तो मैं भी रही, अपने माई-बाप की छोरी, मेरा भी कलेजा कम न दुखा, वही दुख मैंने चमौली को दिया। मैंने तो ख़ूब जिया, रेशम, गहने देह लगे, चमौली और उसकी बहनों ने जब से रसोई संभाली दूध-दही, मलाई और गर्मा-गरम भोजन थाली में सजकर मिला मुझे। मगर वह बेचारी तो जवानी

में ही चली गई, उसे तो ठंडा पानी और गर्म भोजन देने वाला कोई न हुआ। हम क्यों इंतज़ार करते हैं कि औरतों के देह पर बढ़िया कपड़ा, गहना और मुँह में गर्म भात तब ही पड़े जब उसकी उम्र अधेड़ हो जाए और उसकी बेटियाँ जवान हो जाएँ। क्या बचपन से वे सभी चीज़ें लड़कियों को नहीं मिल सकतीं जो लड़कों को बड़ी सहजता से मिलती आई हैं।

वह जितनी बार धार की भीट पर बैठकर चमौली को याद करती है, उतनी बार उसे नया ज्ञान होता है। दहेज कम लगे इसलिए चमौली का ब्याह गरीब लड़के से कर दिया गया। लड़का पढ़ने में तेज़ और स्वभाव से संस्कारी था। उसे आगे पढ़ने का का पैसा चमौली के माँ-बाप ने दिया मगर इस ऐवज़ में बेटी को एक भी गहना नहीं दिया। चमौली के सास-ससुर के पास न ढंग का घर था, न ही वे ख़ुश-फैल से खाने-पी पाते थे। सो चमौली का गौना नहीं हुआ और वह मायके में ही चौका-बर्तन, खेती-बाड़ी और गृहस्थी के काम करती और बदले में चमौली के माँ-बाप उसे भोजन देते थे। चमौली को भरोसा था कि उसके पति को जब नौकरी हो जाएगी तो वे उसे अपने साथ ले जाएँगे।

नव ब्याहता चमौली जब भी सिलबट पर मसाला पीसती तो विद्यापति का यह गीत गाती :

के पतिआ लय जायत रे, मोरा पिअतम पास।
हिय नहि सहय असह दुखरे, भेल माओन मास॥

चमौली की मृत्यु के बाद घर में कोई भी विद्यापति के गीत नहीं गाता है। निर्गुण और कबीर बजता रहता है चमौली की अम्मा आमौर के मन में।

एक दिन सुबह से ही आमौर का मन विचलित था। उसने पाँच बजे भोर में जाफरी खोली और धार के बगल में जाकर बैठ गई, उसने देखा एक

बिल्ली अपने बच्चों को दूध पिला रही है, वह अपने संतानों में कोई फ़र्क नहीं कर रही है। नर और मादा दोनों बच्चों को बराबर नेह से दुलारती है और उन्हें प्रेम से दूध पिलाती है।

जानवर भी अपने बच्चों में लिंग के आधार पर भेदभाव नहीं करते। फिर मैंने मनुष्य होकर ऐसा क्यों किया? क्या मैं मनुष्य हूँ? पशु-पक्षी भी मुझसे अधिक समझदार और अच्छे हैं... क्या मैं कोई राक्षस हूँ? हाँ, मैं कोई पिशाचिन हूँ और मेरे पति पिशाच।

मुझे अफ़सोस कब हुआ, जब गर्म दूध का गिलास मुझे न देकर अपनी माँ को छिपा कर दिया बहू ने। मुझे अपने किए का अफ़सोस तब हुआ, जब ऐसे किसी ने मेरे साथ भेदभाव किया जिस पर मैं अतिरिक्त स्नेह रखती थी। चमौली भी तो मुझपर अतिरिक्त स्नेह रखती थी तो मेरा भेदभाव उसे कितना कचोटता होगा?

मैं अपने बेटे राघव की पत्नी राधा पर अतिरिक्त स्नेह क्यों रखती थी? न मैंने उसे जना, न उसने कभी मुझसे वह मोहब्बत की जो चमौली करती थी। न वह अपनापन, न वह सेवा...

फिर भी अपने सभी गहने, बर्तन, महँगे कपड़े मैंने राधा को क्यों दे दिए? वह बनारसी साड़ी जिसे छू-छूकर चमौली देखती थी, वे सारे गहने जिसे चमौली फटी-फटी आँखों से देखती थी। उनमें से एक भी चमौली के अंग न चढ़ा। यह दुख न था? यह मेरे हाथ में था, चमौली के बाबू को क्या मतलब कि मैं अपना गहना-गुड़िया किसको देती हूँ? उन्होंने कब और कहाँ खोज की मेरी कीमती साड़ियों की? चमौली को मैं दे देती तो वह पहनती, उसे अच्छा पहना-ओढ़ा देख उसके बाबू को भला ही लगता। मैंने आख़िर ऐसा क्यों किया?

चमौली के बाबू ने उसे कुछ देने का आग्रह न किया तो मैंने माँ होकर कौन-सा आग्रह किया चमौली के बाबू से कि वह उसे कुछ ले दें। मैं मुँह खोलती और वे मना करते तब पाप उनके सिर चढ़ता। मैंने तो कभी अपनी बेटी के लिए कुछ नहीं कहा। उसे अच्छा पढ़ाने-लिखाने, खाने-पीने, शौक-मनोरथ, ब्याह-वर... उसकी किसी चीज़ के लिए मैं नहीं लड़ी। भली चमौली को सब दुख तो मैंने ही दिए।

राघव कार से उतरता है। देश-विदेश घूमता है। कोट-टाई पहनता है। महँगी घड़ी और चश्मा। चमौली न कार चढ़ी, न उसने दुनिया देखी। उसने न होटल का पालक-पनीर खाया, न दुकान का पीत्सा-बर्गर, बस कोठी में बोरा-बोरा अन्न भरते-भरते ख़ुद ख़ाली हो गई।

यह सब सोचते-सोचते धूप में और दाह आ गया और वह तपकर तमतमाती वापस लौट आई। नहा-धोकर उसका मन रोटियाँ खाने का नहीं हुआ। उसने सागौन (टीक) के टेबल पर एक कटोरी में गुड़ रखा देखा। गुड़ का एक टुकड़ा लेकर वह कमरे में चली आई और उसे चाटने लगी वैसे ही जैसे चमौली छुटपन में चाटा करती थी। अपने खेत का ईख और अपने खेत पर ईख की पेराई। चमौली को जब मीठा खाने का दिल करता तो गुड़ चाट-चाट कर खाती। पृथ्वी को पुरुषों ने और मेरी जैसी स्त्रियों ने खा-पीकर पचा लिया है, बस इसीलिए बेटियाँ दुख पीती और सुख चाटती हैं।

तीन सालों से हर दिन आमौर नहर के पास जाकर बैठती है। हर दिन की प्रतीक्षा में और धूप जुड़ती जाती है। मौसम से परे धूप का आ जाना पश्चाताप है।

दीपावली आने वाली है। उसके कमरे को साफ़-सुथरा कर दिया गया है। आमौर ने अपनी अलमारी खोली और मलमल के कपड़े का टुकड़ा निकाला। उस पर अपने कान से उतारकर झुमका रखा, अपना कंगन

खोलकर रखा और कपड़े को अच्छे से बाँध दिया। फिर नहा-धोकर उसने बड़े मन से पूजा-पाठ किया। यह सब करते-करते बारह बज गए।

वह छटपटाती मलमल की नन्ही पोटली थामे नहर के तट पर जाकर खड़ी हो गई। दुपहरिये को पी चुकी नहर शांत, एकदम

शांत थी। आमौर ने मलमल की पोटली नहर में डाल दी। नहर में भयंकर उफान आया और वह पोटली उमड़कर आमौर के गोद में आ गई।

आमौर ने फिर वह पोटली नहर में डालने की कोशिश की, इस बार भी लहरों ने उस पोटली को वापस कर दिया। वह जितनी बार पोटली नहर में डालती। नहर उतनी बार उसे वह पोटली वापस कर देती। पसीने से लथपथ और परेशान आमौर ने पोटली को आँचल में बांध लिया और नहर में छलाँग लगा दी। कोसी की नहरों में ऐसा उफान गाँव के लोगों ने इससे पहले कभी नहीं देखा था। उमड़ती नदी ने आमौर को उठाकर तट पर पटक दिया। वह तट पर लंबे समय तक पड़ी रही। धूप और हवा में सूखती आमौर। उसे उठाकर घर वाले मकान में ले आए। वह मकान में लेटी है, लोग दवा, फल-फूल और गर्म दूध परोस रहे हैं। उसके कान में झुमका और हाथ में कंगन सजा हुआ है।

दो महीने बाद वह शहर चली गई। उसके कान और कलाई में ही नहीं उसके माथे पर भी बहुत-सा भार है। उसे भरोसा है कि नहर के तट पर आत्मा स्नान करती है। उसे भरोसा है कि चमौली अब भी कागज़ी नींबू तोड़कर चाटती है।

चमौली के पास पहले से ही बहुत क्षमा थी और वह मरने के बाद भी उससे प्रेम करती है। आमौर के पास जो पश्चाताप है वो मृत्यु तक साथ रहेगा। अगले जन्म वह गाय बनेगी या बिल्ली या कोई चिड़िया। नहर भी बन सकती है। जो मनुष्य बनी तो बेहतर मनुष्य बनेगी और हर बेटी की अच्छी माँ बनेगी।

मगर उसे स्वयं के मनुष्य होने का जो भरोसा था, वह अब उठ चुका है।

वह अक्सर सबसे कहती है :

बिल्ली कुत्ते जितना मर्म भी नहीं बचा है आदमी में....
आदमी ने सिर्फ़ अपनी चमड़ी बाघों को दी है...

वह मीरा के पद गाती है मगर राम, कृष्ण, सतगुरु की भक्ति में नहीं, वह धीया की स्मृति में गाती है :

लगी मोहि धीया खुमारी हो। रमझम बरसै मेहंड़ा भीजै तन सारी हो॥
चहूँदिस चमकै दामणी गरजै घन भारी हो।
चिंतन बड़ी गुरु भेद बताइया खोली भरम किवारी हो॥
सब घट दीसै आतमा सबही सूँ न्यारी हो।
दीपग जोऊँ ग्यान का चढ़ूँ अगम अटारी हो।
आमौर मातु चमौली की इमरत बलिहारी हो॥

❁

मूल : लगी मोहि राम खुमारी हो। रमझम बरसै मेहंड़ा भीजै तन सारी हो॥ चहूँदिस चमकै दामणी गरजै घन भारी हो। सत गुरु भेद बताइया खोली भरम किवारी हो॥ सब घट दीसै आतमा सबही सूँ न्यारी हो। दीपग जोऊँ ग्यान का चढ़ूँ अगम अटारी हो। मीरा दासी राम की इमरत बलिहारी हो

मीरा

अर्थ : मैं राम-नाम के नशे में चूर हूँ। रिमझिम पानी बरसता है और मेरी देह और साड़ी इसमें भीग गई है। चारों ओर बिजली चमकती है और ज़ोर से बादल गरजते हैं। सतगुरु ने भ्रम के तमाम दरवाज़ों को खोलकर

रहस्य की बात बता दी। आत्मा हर देह में दिखाई देती है फिर भी सबसे विलग रहती है। मैं ज्ञान का दिव्य प्रकाश देखकर अगम की अटारी पर चढ़ जाती हूँ। मीरा कहती है कि राम के अमृत की बलिहारी है।

11
तर्क

उसने हाथ पकड़ा और समंदर को आँखों में समेटने लगा। वह तर्क लेकर आया है। सुंदर और अकाट्य तर्क। लड़की उसे काटने का अस्त्र-शस्त्र ढूँढ़ने लगी। कुछ अस्त्र दर्शन ने दिया, कुछ मज़बूत शस्त्र विज्ञान ने। मगर लड़की लड़के के तर्कों को अकाट्य ही रहने देती है। चुपचाप देखती है नारियल के पेड़ों को, उनके पत्तों के ऊपर कौवों के झुंड मँडरा रहे हैं। कितना भी भाग लो, ऊँचा उठ जाओ, समस्याएँ सिर पर मँडराना नहीं छोड़तीं।

मुक्तिबोध ठीक ही कहते हैं – भूमि के गर्भ में हैं प्राचीन सरोवर। मैं कहती हूँ कई सरोवर हैं पृथ्वी के पेट में। एक इंच कदम बढ़ाओ तो डर लगता है कि पैर लटक न जाए उसमें। तैरना नहीं आता। डूबने का मन नहीं करता। लड़का नमक की डिबिया खटखटाता है टेबल पर, लड़की ध्यान का पट खोलती है।

लड़का पूछता है, 'हम दोनों के बीच क्या है?'

लड़की कहती है, 'तर्क।'

लड़का गर्व और कौतूहल से पूछता है, 'मेरे अकाट्य तर्क?'

लड़की कहती है, 'तुम्हारे अलक्षित तर्क'

लड़का चिढ़ कर कहता है, 'अलक्षित!'

लड़की नमक की डिबिया को सही जगह पर रखते हुए कहती है, 'हाँ, अलक्षित। लक्षित किया तो यह निश्चय ही खंडित हो जाएगा।'

लड़का पूछता है, 'कौन करेगा इसे खंडित? '

लड़की मुस्कुरा कर कहती है, 'मैं निहत्थी नहीं हूँ। मैं इसे ध्वस्त कर सकती हूँ। तुम मुझे निरस्त नहीं कर सकते।'

लहरें तट पर से लौट जाती हैं, एक नयी यात्रा पर।

12
चितकबरी

आज भी बारिश हो रही है, उस दिन भी हुई थी। आज बूँदें गा रही हैं विद्या वॉक्स के गाने और अम्मा का मन मोहिनीअट्टम कर रहा है। अम्मा की बड़ी-बड़ी आँखों का सारा प्यार इस चितकबरी मनमोहिनी बेटी को समर्पित है। गर्म कॉफ़ी का मग, न-न! 'चूड़ कापी' मलयालम में हम कॉफी को कापी कहते हैं, चूड़ मतलब गर्म। चूड़ कॉफ़ी किसी के साथ सुगत कुमारी की कविता, सुख है। पता है? आज तो तकषि का कुत्ता भी बिल्कुल नहीं रोएगा क्योंकि वह बाढ़ में डूबने से बच गया है। देखो न! वह नाव पर बैठा है और कितना मुस्कुरा रहा है।

मुझे कहानियों को पलटने का शौक है। मैं अपनी कल्पना की ताकत से किसी भी दुख में उतरी कहानी को सुख के शिखर पर बैठा सकती हूँ।

मुट्ठी भर दिल मैंने गुरूर्वायु मंदिर के पीतल के उरुली में डाल दिया। मुट्ठी भर दिल? मुट्ठी भर दिल का मतलब है एक मुट्ठी मंजारी के लाल सुर्ख बीज। मंजारी के लाल बीज, हर बीज पर दिल उकेरा है गाछ ने। आज ही बटोरा, आँचल भर गया। एक मुट्ठी कृष्ण को लौटा दिया। न-न! बदले में कुछ भी नहीं माँगा। माँगने से ज़्यादा सुख दे देने में है न?

आप कृष्ण को मंजारी देकर क्या माँगते हैं? मैं आपसे फ़ुरसत में मिलूँगी शंखमुगम के तट पर जहाँ जलपरी आकाश से बातें करती है, ठीक उसी जगह मिलूँगी आपसे, तब ज़रूर बताइएगा कि आपने आजतक क्या-क्या माँगा इन देवी देवताओं से?

2018 की बात है, भयंकर बाढ़ में डूब गया था अलुवा और डूब गए थे भोले बाबा। सब नंदी गाय के कान में कह रहे थे अपनी समस्याएँ। मैं कह नहीं पाई, समस्या स्वयं कब बोलती है? सबों के लिए मैं समस्या ही तो थी। पर स्वयं के लिए एक अटूट वरदान, एक जमी आस्था, एक अडिग जिद। मुझे उबले हुए काबुली चने और मक्के खाना पहले भी बहुत पसंद था, आज भी बहुत पसंद है। मुझे पसंद है पुलशेरी, इंजीकरी और तोरण।

मैं अत्पुक्कलम (फूल-पत्तों से बनी रंगोली) बनाते वक़्त भूल जाती हूँ वे दाग़ जो बादल की श्वेत टुकड़ियों-सा उमड़ पड़े हैं मेरे साफ़ चेहरे पर।

लोग मुझे एक हाइकोर्ट की वकील के रूप में जानते हैं जो कर्नाटक म्यूजिक गाती है। कोई यह नहीं जानता है कि मुझे जैज़ पसंद है और हर दिन सोने से पहले मैं केक वॉक और टैपिंग करती हूँ। मैं लैटिन अमेरिकी खाने ख़ूब शौक से बनाती हूँ। मुझे टॉर्टिलस पकाना और खाना बहुत पसंद है। मेरी उम्र छब्बीस साल है। मुझे मलयालम, तमिल, अंग्रेज़ी, जर्मन, बंगाली और हिंदी अच्छे से आती है। मैं मज़बूत टक्कर हूँ उन लोगों के लिए जिनके लिए चेहरा और रंग-रूप ही सब कुछ है।

मैं अपनी त्वचा से कहीं अधिक हूँ। मैं दिमाग़ हूँ, मज़बूत दिमाग़। मैं मन हूँ, कोमल और संवेदनशील। मैं इतना कुछ हूँ और इतनी आत्मनिर्भर हूँ फिर भी मैं ज़्यादातर लोगों को गंभीर समस्या क्यों लगती हूँ? मैं इसलिए समस्या हूँ क्योंकि मुझे सफ़ेद दाग़ है। क्या यह सचमुच में इतनी बड़ी समस्या है या हमने इसे समस्या बना रखा है। झूठे स्वांग से धूल को पर्वत बना देना, क्या ठीक है?

मेरे जीवन की डगर के दोनों तरफ स्मृतियों से लदे हरसिंगार के कई वृक्ष खड़े हैं। मुड़कर बटोर लाई हूँ चंद श्वेत-नारंगी स्मृति-पृष्प आपकी ख़ातिर, इन गमकती स्मृतियों को आपके श्रवण पट के पास कान के क़रीब खोंस देना चाहती हूँ ताकि यह गमकती कथा आपके साथ गमक सके। इस कथा में वह गंध है जो अंतस का द्वार खोलती है। आत्मसाक्षात्कार का सुख देती है।

हाँ! तो मैं बात कर रही थी ख़ुद की पसंद और नापसंद की चीज़ों के बारे में। सच कहूँ, मुझे कनाडा की सुपर मॉडल वीनी ह्यर्लो बहुत पसंद है। मज़ेदार बात यह कि हम दोनों ने एक ही दिन जन्म लिया है और हम दोनों को सफ़ेद दाग़ हैं। वही सफ़ेद दाग़ जिसे आप विटिलिगो कहते हैं। मैंने चार वर्ष पहले ही इस मॉडल के बारे में पढ़ा और जाना, वह भी तब जब मुझे सफ़ेद दाग़ हुआ। मैं तब इक्कीस साल की थी।

उस दिन भी ख़ूब बारिश हो रही थी। अम्मा ने रात में परिप पायसम बनाया था। नारियल के दूध और भुने चने की दाल से घर गमक रहा था। पायसम के ऊपर घी और भुने हुए काजू तैर रहे थे। मैंने कटोरी भरकर खीर (पायसम) खाई। अम्मा ने अप्पम और कडला (चना) करी बनाई थी। पेट भर खाकर मैंने घंटा भर वायलिन बजाया। एक हफ्ते बाद मुझे श्रीचित्रातिरूनाल के भव्य और प्रतिष्ठित मंच पर अपनी कला का प्रदर्शन करना था।

उस रात नये पटट् पावड़ा को बार-बार शरीर पर रखकर आईने में ख़ुद को निहार रही थी। बारिश की छमाछम और सोने से ठीक पहले केक वॉक कर मैं बिस्तर पर लेटने गई। नींद ने ऐसे थामा मुझको जैसे नीले केसर के दलपुंज थामते हैं नारंगी केसर के पुमंगों को। ऐसी नींद और निश्चिंतता फिर लंबे समय तक नसीब नहीं हुई मुझे। उस गहरी मायावी रात में कुछ खिला देह की बाहरी दीवार पर और मन अनभिज्ञ घुलता रहा नींद की खसखस के शरबत में।

एक और ख़ूबसूरत दिन।

माँ के घुँघरूओं की आवाज़ से मेरी नींद खुली। माँ मोहिनीअट्टम की पारंगत नृत्यांगना है। उसका दिन रियाज़ से शुरू होता है। वह एक प्रोफ़ेशनल डांसर है। मोहिनीअट्टम उसके ख़ून में है। मेरे नाना-नानी कलामंडलम से जुड़े थे। माँ चालीस सालों से नृत्य कर रही है। मैंने सपनों को मीठी आवाज़ में अलविदा और सूरज को शुभप्रभात कहा। उसके बाद उठकर ग़ुसलख़ाने गई। फिर जैसे ही आईना देखा दिल रेल-सा दौड़ने लगा। एक सफ़ेद भारत के नक्शे सी आकृति नाक पर उग आई थी। मैं बार-बार उसे धो रही थी। दस बार फेस वॉश भी लगाया, धोती गई पर दाग़ जस के तस। मैं चीखी अम्मा-अच्चन (मम्मी-पापा)! अम्मा अच्चन, छोटा भाई, दादी सब दौड़कर आए। पापा की आँखें खुली रह गईं। दादी के माथे पर गंभीर शिकन उग आई। भाई को कोई फ़र्क नहीं पड़ा। माँ सामान्य हाव-भाव के साथ खड़ी रही, बिल्कुल अप्रभावित। माँ ने हाथ बढ़ाया, मैंने ज़ोर से पकड़ा। उसने कसकर थामा मेरे हाथों को और गले से लगा लिया।

माँ कह रही थी, 'सब ठीक है। सब अच्छा है। तुम्हें घबराना नहीं है।'

माँ ठीक ही कह रही थी। सब ठीक ही तो था पर मुझे तब सब कुछ ग़लत ही लग रहा था। मुझे लग रहा था, सारी कायनात मेरे खिलाफ साजिश कर रही है, मैं झटकना चाह रही थी उस दुःख को जो मुझे नसीब देना चाहती थी, मैं थरथरा रही थी। शरीर ठंडा हो रहा था। आँखों में भयावह सपने उतर आए थे, पलकें झपक नहीं रही थीं। चिंता का पिशाची गर्जन और नींद का अपहरण।

ज्यों-ज्यों समय बीतता गया, दादी परेशान रहने लगीं। पूजा-पाठ, जड़ी-बूटी और न जाने कौन-कौन से डॉक्टर के पास ले जाने का आग्रह करती रहतीं। उनकी चिंता देखने लायक थी। तब वे चिंताएँ वाजिब या गैरवाजिब नहीं लगती थीं, मगर उनसे भीतर में एक टीस उठती थी, दादी को चिंतित देखकर मन और चिंतित हो उठता था। माँ कई डॉक्टरों के पास ले गईं, पर दाग़ था कि बढ़ता ही जा रहा था। एक साल के भीतर ये हाथ-पाँव, गले और

गाल तक फैल चुका था। मुझे बाहर निकलने में जो एक डर सताता था, वह यह था कि कोई यह न पूछे कि... क्या हुआ? कैसे हुआ?

दाग़ होने के बाद ये दो प्रश्न सबसे ज़्यादा बार पूछे गए मुझसे, और सबसे ज़्यादा यही दो प्रश्न चुभते भी थे।

दूसरा डर मुझे सहानुभूति और दया से लगता था। आस-पड़ोस, नाते-रिश्तेदार, मित्र... सबके द्वारा परोसी गई सहानुभूति मुझे सबसे ज़्यादा दुःखी करती थी। लोगों का घूरना, मुँह बनाना वास्तव में मुझे सामाजिक जीवन से विरक्त करने का प्रयास था।

कितनी रात चिंता से नींद नहीं आई। लगा, किसी ने आत्मा को नंगा कर दिया है। मनोबल को वस्त्रहीन। समय मेरी हिम्मत की परीक्षा ले रहा है। हिम्मत कई बार टूटती, पर टूटती चीज़ें मैं बचपन से जोड़ती आई थी। मनोबल को टूटने से रोकती। भयंकर प्रपात गिरता लकड़ी के पुल पर, लेकिन वह न हिलता, न टूटता।

हर बार टूटती हिम्मत को जोड़ती रही। बया चिड़िया का घोंसला हो गया था मन मेरा, आशाओं का तिनका-तिनका बीन-बीनकर लाती, फिर सिलती मन का घोंसला।

यह बीमारी आदमी को मारती नहीं है, बस यही सच था। मगर यह जीने की इच्छा पर ज़बरदस्त वार करती है, यह भी झूठ नहीं है। यह वार जाने-अनजाने अपने-पराये सब करते हैं। एक सामाजिक मानसिकता आपको पछाड़ने के लिए सदैव तत्पर रहती है। वही समाज जो कल आपको प्रशंसा की दृष्टि से देखता था। वही समाज आपको दया और कौतूहल की दृष्टि से देखना शुरू कर देता है।

इन दिनों अम्मा-अच्चन और परिवार की ज़रूरत सबसे ज़्यादा महसूस हुई, वे साथ में डटे रहे। छोटे भाई ने इसे कभी महत्त्व ही नहीं दिया। दादी

माँ भी धीरे-धीरे यह समझने लगी हैं कि जीवन से ज़्यादा ख़ूबसूरत कुछ भी नहीं। अम्मा ने मुझे मनोवैज्ञानिक रूप से मज़बूत बनाया। फुटबॉल के कोर्ट पर ख़ूब पसीना बहवाया। तब जाकर मैं थक-हार कर सोने लगी, पहले नींद वापस आई, फिर ख़ुशियाँ भी धीरे-धीरे लौटने लगीं।

जब पहला सफ़ेद दाग़ हुआ था, उसके छह दिनों के बाद मैं जब मंच पर वॉयलिन बजाने जा रही थी तो मेरे पाँव थरथरा रहे थे। सबकी नज़र चेहरे पर थी पर जैसे ही मैंने वॉयलिन बजाना शुरू किया... सब संगीत में खो गए। गड़गड़ाती तालियों से लोगों ने मेरी हौसला-अफ़ज़ाई की। मेरे भीतर का एक सुन्न भाग उसी क्षण स्पंदन पा गया।

अम्मा-अच्चन के बार-बार समझाने पर पड़ोसी, मित्र और रिश्तेदारों ने सफ़ेद दाग़ को नोटिस करना छोड़ दिया। यह तुरंत नहीं हुआ। समय लगा, लंबा समय लगा मुझे मेरे मन और माँ को, हमारे प्रियजनों को समझाने में।

ये वे लोग थे जिनसे मैं प्रायः मिलती थी और ये मेरे इकोसिस्टम का अभिन्न अंग थे।

अनवरत संवाद ने बहुत-सी चीज़ों को बदला, बहुत-सी चीज़ों को और ख़ूबसूरत बना दिया। बात मेरी इकलौती प्यारी भोली-भाली मौसी की ही लें। अब वह बात-बात पर मुझे गले लगाकर नहीं रोती हैं। इससे बहुत फ़र्क़ पड़ा मुझ पर, मुझे अब सबकुछ पहले से ज़्यादा सहज लगने लगा है। पर मौसी अब भी गाल और माथे पर चुम्मा लेती ही हैं और ज़ोर से झप्पी देना कभी नहीं भूलती हैं। दादी मुझसे कौन विवाह करेगा? की रट छोड़कर मेरे योगाभ्यास पर ध्यान देने लगी हैं। छोटा भाई मुझे अपनी पढ़ाई और चित्रकारी में फँसाकर रखता है।

आप घर को व्यवस्थित कर सकते हैं। शहर, सड़क और दुनिया को शायद नहीं, असली चुनौती तो नये जगह पर नये लोगों से मिलने में होती

है। पहली बार जब घर से दूर नयी जगह किसी काम से गई। पहली नौकरी, नयी पोस्टिंग पर, हर जगह वही पुराने कचोटते प्रश्न सामने खड़े मिलते हैं।

कैसे हुआ? क्यों हुआ?

मन करता है कह दूँ :

गूगल सर्च करके पता कर लो। मैं डॉक्टर नहीं हूँ। पर मन में धैर्य धारण करने लगी हूँ।

समय के साथ आघातवर्ध्यता बढ़ी, समझदारी भी बढ़ी। मैं सफ़ेद दाग़ को स्वीकार चुकी हूँ। यह मेरा अभिन्न हिस्सा है। चितकबरे गिफ्ट पेपर के अंदर की मैं बेहद ख़ूबसूरत हूँ और साहसी हूँ। गिफ्ट पेपर का चितकबरा रंग भी अब अच्छा लगने लगा है या शायद उसे महत्त्व देना मैंने कम कर दिया है।

इस सफ़ेद दाग़ के दौरान ही अम्मा ने मेरा परिचय वीनी हार्लो से कराया। मुझे बड़ा ताजुब्ब हुआ हमारी जन्म की तारीख एक ही थी। हम दोनों चितकबरी लड़कियाँ ख़ूब मुस्कुराती थीं और एक बेहतर ज़िंदगी के सपने हम दोनों की आँखों में आप देख सकते हैं।

मेरी शादी के लिए तस्वीर मेरी ही दी जाती है। लोग आते हैं मुझे देखने, मैं भी उन्हें देखने जाती हूँ। ज़ाहिर है, कुछ खट्टे-मीठे अनुभव मुझे हुए, भविष्य में भी होंगे, तय है। यही तो जीवन है। शादी की इच्छा अभी तक हुई नहीं है।

शादी नहीं भी कर सकती हूँ, प्रेम विवाह भी कर सकती हूँ, शायद अरेंज मैरिज भी। मगर जो बात बड़ी है वह ख़ुद को वापस पा लेना है। इक्कीसवें साल में जो लड़की खो गई थी इधर-उधर की बातों में; उसे चार साल बाद अपने छब्बीसवें जन्म दिन पर वापस पा लेना पहले से कहीं सुघढ़ मनोवस्था के साथ, वाकई में कमाल ही तो है। इन चार वर्षों में कुछ भी नहीं रुका, पढ़ती

रही, बढ़ती रही। दूर निकल आई हूँ। इस पूरी यात्रा में कुछ लोग हर पल साथ रहे, पर स्थिति तब ही बदली जब मैंने ख़ुद का साथ देना शुरू किया। ज़िंदगी तू हसीं है, तुझसे ख़ूबसूरत शायद कुछ भी नहीं इस कायनात में।

मैंने सफेद दाग़ से जो सीखा वह यह था कि कुछ चीज़ें बदली जा सकती हैं। जो नहीं बदली जा सकतीं उनसे संघर्ष करने से अच्छा है, उन्हें स्वीकार किया जाए। कभी परिस्थितियाँ फसल होती हैं और हम हँसुआ। अपनी ज़रूरत और ताकत के हिसाब से काटते रहते हैं फसल। लेकिन कई बार हम फसल होते हैं और परिस्थितियाँ हँसुआ। हँसुआ काटता जाता है अपने हिसाब से। हमें यह बात समझनी होगी। यथार्थ से समायोजन में पीड़ा होती है और उस विषाद से बाहर निकलने की कोशिश भी हमें ही करनी होती है। विषाद का डटकर सामना नहीं किया गया तो वह हमें खा जाएगा। यह सच है और संभव भी।

एक प्रश्न फिर भी मेरे मन में बार-बार उठता है कि चितकबरे पशु-पक्षियों को हम इतना प्यार करते हैं पर आदमी को हम बार-बार नीचा क्यों दिखाने की कोशिश करते हैं?

ख़ैर छोड़िए इन बातों को...

आज मेरा और वीनी हार्ले का जन्मदिन है। आप शुभकामनाएँ नहीं देंगे?

हैप्पी बर्थ डे टू मी, हैप्पी बर्थ डे वीनी हार्ले!

एक रंग पर इतना बवाल!

जो भीतर घटता है, उसका भी लेखा-जोखा लीजिए जनाब!

13
एक चित्रकार की वापसी

रंग प्रवेश : स्मृतियाँ रंग को चुनौती दे रही हैं

स्मृति की नज़र से देखो तो रिक्त कितना स्पष्ट और मारक हो जाता है। पोंछ दिया गया कोलाहल, मिटा दी गई उपस्थितियाँ और बदल दी गई चीज़ें सीधे कलेजे पर निशाना साधती हैं। एक चित्रकार रंग में लथपथ होकर अपने घर लौटा है। वह उम्रदराज़-घर को रौशन-निगाह से देखता है और घर उसके भीतर खींची गई तमाम रेखाओं को पंक्तिबद्ध कर देता है। बारहवीं फेल वह विद्यार्थी खुली कॉपी के ख़ाली पन्नों की तरह छटपटा उठता है, समय आँधी की तरह गुज़र रहा है। नए दृश्य, नए संबोधन, नए आश्चर्य उसमें जुड़ते जा रहे हैं। अब रिक्त नहीं रहेगा सबकुछ, कुछ जगहें तो लद जाएँगी बहुत-सी चीज़ों से...

❀

रंग-ख़ुश्क : बचपन के रंग सोख गया एक सादा “न”

जीवन आश्चर्य की भाषा में लिखा गया है। आदमी सुख की भाषा पढ़कर आता है और दुःख का चश्मा पहनकर उसे देखता है। वह न ढंग से अचंभित होता है, न सलीके से जीता है, न सुकून से मरता है।

मैं मीटर चाय पीते हुए, तैरते हुए, चित्र बनाते हुए, वर्ज़िश करते हुए, हर वक़्त 'जीवन और मृत्यु' को ही सोचता रहा हूँ। आज भी समंदर कितना उफन रहा है, बादाम और नारियल के वृक्ष कितने शांत हैं। इनकी पत्तियाँ न हिले तो कौन मानेगा कि इन वृक्षों को भी प्यास लगती है। ये भी साँस लेते हैं। ये भी ताप और ठंड से व्याकुल होते हैं।

अगर ध्वनि उपस्थिति का उत्सव है तो मौन प्रार्थना है। पृथ्वी मेरे भार को सहन कर रही है, मैं पृथ्वी के प्रति अपनी कृतज्ञता रेखाओं और रंगों में व्यक्त किए जा रहा हूँ। चित्र की मनोदशा अच्छा दर्शक पढ़ पाता है, अच्छा श्रोता उससे निर्गत ध्वनियों को पहचानता है। मगर चित्र की गूढ़ार्थना / चित्र का उद्घाचन केवल अन्वेषी कर पाता है।

मैं चित्रकार हूँ... मैं बचपन से चित्र बना रहा हूँ। मेरे जीवन में लकीरें, रंग, तूलिका और कैनवास के अलावा कुछ भी सुंदर नहीं रहा है।

❀

रंग-भंगिमा : रंग नचावत, रंग ही गावत, रंग पी-पी सब जन बौराये, रंग छूटे सब मिटे, जन रो-रो नहीं अघाये।

लोग कहते हैं :

सीतापुर का रूक्ता बड़ा चित्रकार बन गया। न तो मैं सीतापुर का हूँ, न ही मेरा नाम रूक्ता है।

कैनवास का कोई नाम नहीं होता है, चित्र का नाम होता है। रंग को यश नहीं मिलता है, चित्र प्रसिद्ध होता है।

तूलिका को कोई नहीं पहचानता है, चित्र को सब पहचानते हैं।

कूंची, कैनवास और रंग की कद्र चित्रकार को होती है। दर्शक को चित्र की कद्र होती है, वह सुंदर चित्र और अच्छे चित्रकार को जानता-पहचानता है।

मेरे जीवन में रंग प्रवेश अबोली के फूल से हुआ। एक दिन सुबह अबोली के पीले-नारंगी फूलों को देखते हुए मैं माँ को यादकर रहा था, अचानक मेरा मन किया कि मैं अबोली के फूल को कागज़ पर जस-का-तस उतार लूँ और अपने कलेजे लगा लूँ। मैंने बड़े मनोयोग से अबोली के फूलों का गुच्छा बनाया और उसे बायीं छाती के पास वाली पॉकेट में रख लिया ताकि सोते हुए भी अबोली के फूल मेरे हृदय से लगे रहें। पीला मेरे लिए प्रतीक्षा का रंग है और मैं उम्र भर मृत माँ की प्रतीक्षा करता रहा हूँ।

अबोली... पीला-नारंगी... माँ... मृत्यु... मौन और प्रतीक्षा...

मैंने अपना घर अठारह साल की उम्र में छोड़ा। उस दिन मैं एक फलों के ट्रक पर बैठकर बहुत दूर निकल आया था। एक दिन शराब के नशे में धुत्त होकर ट्रक ड्राइवर ने मुझे बेरहमी से पीटा। उसे लगा मैं हर रात उसका फल चुराता हूँ। मैं किसी का फल क्या ही चुराता? मेरे नसीब में तब फल कहाँ था? मन में कई तरह के फूल खिले थे मगर डगर पर काँटे ही काँटे थे।

उस दिन से मैं बेतहाशा भागा जा रहा था, मेरी साँस फूल रही थी। मैं भागते-भागते बहुत दूर आ गया था। मुझे प्यास और भूख लग रही थी। मेरा कंठ सूख रहा था। मैं जिस जगह थककर ठहरा था, उस जगह मुझे कोई नहीं जानता था। मैं किससे पानी और रोटी माँगता?

बिना कुछ खाए-पिए, नहाए-धोए दो दिन गुज़र गए। मैं यूँ ही भटकते-चलते एक दिन सीतापुर गाँव के गेहूँ के खेतों के बीच पहुँच गया।

खेत के पास एक वृद्ध स्त्री बैठी थी जो अपनी चरती बकरियों से ज़ोर-ज़ोर से बातें कर रही थी। दर्जन भर मैनें वहीं फुदक रही थीं, वह स्त्री बीच-बीच में उन मैनों से भी बातें किए जा रही थी।

मैं देर तक उसका संवाद सुनता रहा, अचानक भूख के मारे मेरे पेट में असह्य पीड़ा होने लगी। मैं उस स्त्री की तरफ लपकता हुआ भागा। मैंने आँखें नीची करके उससे कहा, 'मैं बहुत भूखा हूँ। मुझे कुछ खाने के लिए मिल सकता है?'

उसने झिलमिलाती आँखों से मुझे देखा और अपने साथ ले आई।

रोटी, बैंगन की सब्ज़ी, आलू का भुजिया और मूली के टुकड़े एक एल्यूमिनियम की थाली में परोसकर उसने बड़े प्यार से मुझे थमाया। मैं खाता रहा, वह प्यार से मुझे देखती रही। मैं खाना क्या खा रहा था, मैं माँ को कमा रहा था।

उसने मुझे नहाने को कहा।

मेरे पास कपड़े नहीं थे तो उसने अपनी धोती बाँधने को दे दी।

दस दिन वहीं रूका रहा। न उसने नाम पूछा, न घर का पता। बस खाते वक़्त आवाज लगाती, 'रूक्ता'। वह न जाने क्यों मुझे 'रूक्ता' कहकर पुकारती थी। मैं खेतों-बगीचों में घूम-फिरकर दिन काटता रहा, थककर उसके पास जाता तो वह बिना कुछ पूछे, बिना कुछ कहे, चुपचाप एल्युमीनियम की थाली में गरमा-गरम भोजन परोस देती। मुझसे और रोटी खाने का आग्रह करती। मैं खाता, सोता और खेतों में घूमता-फिरता रहता

था। किसी को आता-जाता देखकर, छिप जाया करता था। मैं डरा हुआ था। रूक्ता : मनुष्य से डरा हुआ आदमी...

एक दिन खड़ी दुपहरिये में न जाने क्यों मैंने सीतापुर से जाने का निर्णय लिया। वह बूढ़ी अम्मा चूल्हे पर रोटियाँ पका रही थी। मैं खाट पर उदास बैठा था। उसने पास बुलाया और गरमा-गरम भोजन की थाली मुझे थमाई। सुवा, पालक, मेथी और सरसों को मिलाकर बने साग को उस दिन मैंने बड़े चाव से खाया। तिलकोर के पत्ते का तरूआ खाकर मन तृप्त हो गया, लगा जन्म-जन्मांतर का भूखा मैं, इसी भोजन को खाकर तृप्त होने के लिए पैदा हुआ था। और आख़िरी कौर मुँह में लेते हुए मेरा मन फफक-फफककर रोने जैसा हो गया। मैंने स्वयं को संभाला और अपनी आवाज़ को दृढ़ बनाकर उनसे कहा, '....!अब मैं निकलूँगा।'

संबोधन ख़ाली चला गया। संबोधन की जगह मैं भर ही नहीं सका, जीभ छटपटाकर रह गई, कंठ पहाड़-सा सख़्त हो गया। मन में तो वह ही, वह थी उस क्षण, मगर जिह्वा और कंठ ने साथ नहीं दिया।

उसने मुझे जिस भावुकता के साथ देखा, वह मारक थी।

मैंने थरथराते हाथों से जूठी थाली उठाई, उसने वह थाली मुझसे ले ली और धीरे-धीरे चापाकल की तरफ चली गई। मैं थोड़ी देर आँगन में चहलकदमी करता रहा। उसने पथ का पाथेय मुझे थमाते हुए कहा, 'अपना ख़्याल रखना।'

सीतापुर के पास ही में एक छोटा सा रेलवे स्टेशन था।

इस छोटे से मनोरम रेलवे स्टेशन का नाम था : पसवी। पसवी रेलवे स्टेशन के आस-पास अमलतास और गुलमोहर के वृक्षों की भरमार थी।

रंग मिलन : मुझसे मिलकर सब रंग झूठा, मुझसे बिछड़कर रंग तुम्हारा आया है। रंगरेज़ कब आकाश से उतरकर नीचे आया है? कब रंग बरसा, कब रंग बिका बाज़ारों में? बेरंगों के इस जग में हुनर रंग मोलकर लाया है।

रंग मिली कुछ इस तरह हथेलियों से कि रेखाएँ गहरी मनोरम घाटियाँ बनती चली गईं। अब आकाश पहले से अधिक नीला था। हरियाली थी मगर चिड़ियों का कलरवकर फुदकना और पशुओं का हँसकर उछलना अभी बाकी था।

उसी दिन मैं पसवी रेलवे स्टेशन से 'सहोदरी पैसेंजर ट्रेन' पकड़कर रेता चला आया। रेता इसलिए कि रेल के शौचालय के पास ही बैठकर मैंने वह सफ़र तय किया था। अहले सुबह से शौच करने वालों और मुँह को पानी से पखारने वालों के आने-जाने की बारंबारता इतनी अधिक बढ़ गई कि मुझे ट्रेन के रुकते ही शौचालय के पास से उठकर बाहर निकलना पड़ा। संयोग था कि जिस छोटे से रेलवे स्टेशन पर मैं उतरा, उस रेलवे स्टेशन पर और रेलवे स्टेशनों की तुलना में कम कोलाहल और अधिक सफाई थी। वहीं नीम के घने वृक्ष के नीचे मैं पाँव पसारकर सो गया। बरसों बाद ऐसी थकान, ऐसी नींद नसीब हुए थी मुझको। मेरी नींद दोपहर के एक बजे खुली, वह भी तब जब मुझे घेरकर खड़े लोगों की बातचीत का ध्वनिआवेग मेरी कनपट्टी पर कठोराघात करने लगा।

वे लोग लंबे समय से बेसुध सोया देखकर मुझे मृत समझ बैठे थे। मैं धड़फड़ाकर उठा और स्टेशन से लगभग हड़बड़ाता हुआ बाहर निकला। बाहर जेठ की हट-हट धूप मेरी प्रतीक्षा कर रही थी। भटकते बैलों के साथ मैं भी हो लिया। वे कचरे में खाने की चीज़ें ढूँढ़ रहे थे। मैं बाज़ार में काम ढूँढ़ रहा था।

रेता में मैं क्या करूँगा? यह बात मेरी समझ में नहीं आ रही थी। मैं किसे कहूँ कि मुझे माँ की प्रतीक्षा करने के अलावा कुछ नहीं आता है। मैं अक्षर से भागकर रेखाओं की शरण में आया हूँ। मैं बेरंग ज़िंदगी से ऊबकर, घबराकर रंगों की छाँव में आया हूँ।

मैं काले अक्षरों से भरे पन्नों से भय खाकर सफ़ेद और ख़ाली कैनवासों की शरण में आया था। मैं व्यक्त से घबराकर अव्यक्त की शरण में आया था मगर रंग, रेखा, कैनवास और कूंची ने मुझे अव्यक्त नहीं रहने दिया।

रेता-बाज़ार में एक सेठ के यहाँ मुझे काम मिल गया। उसने नाम-गाम पूछा तो मैंने अपना नाम 'रूक्ता' बताया और गाँव का नाम 'सीतापुर'।

सुब्ह-नफ़स वह सेठ बहुत सौम्य, मिलनसार और उदार था। वह विवाहित था। उसके दो बेटे थे। सेठ की पत्नी का नाम पूर्णिमा था, वह महँगी साड़ी, सोने-हीरे के गहनों में साक्षात सरस्वती लगती थी। राजा रवि वर्मा की रची सरस्वती की तस्वीर की तरह वह दिखती थी। मगर सेठ किसी और स्त्री से प्रेम करता था। सेठ यह जानता था कि मैं उसका यह रहस्य जानता हूँ इसलिए वह हमेशा मेरे पास अपनी ऊहापोह व्यक्त करता रहता था।

मैंने यहाँ रहते हुए फिर से चित्र बनाना शुरू कर दिया था। शुरू-शुरू में तो हर बार माँ का ही चेहरा बनाता रहा। हर बार पहले से अधिक करुणा से भरा। हर बार पहले से अधिक विचलित। जब मैंने माँ की सैकड़ों तस्वीरें बना डालीं तो एक दिन बस यूँ ही उन्हें सड़क के किनारे बेचने लगा। मगर आश्चर्य मुझे तब हुआ जब मेरे सभी चित्र धीरे-धीरे बिक गए। इसके बाद न जाने क्यों मैंने माँ की तस्वीर बनाना छोड़ दिया।

अब मैं नित्य नये चित्र बनाने लगा था। सेठ मेरे प्रति नरम और उदार रहता था। वह मुझे रंग और कूंची ख़रीदने के पैसे दिया करता था। उसे मेरी प्रतिभा

और कला पर भरोसा था, वह मुझे चित्र बनाने के लिए प्रोत्साहित करता था। मेरी हर पेंटिंग की मुक्तकंठ से प्रशंसा करता था। यहाँ मैं केवल प्रोत्साहन ही नहीं पा रहा था, मैं अपने हिस्से का पिता भी थोड़ा-थोड़ा कमा रहा था।

विक्टोरिया वाटर लीली की पत्तियाँ हैं, हैं तो ये पत्तियाँ मगर ये एक इंसान का भार समेट लेती हैं। चित्रकला ने वैसे ही मुझे संभाला। मैं रंग से खेलने लगा, सेठ अपने जीवन का रंग बचाता रहा। जो बात सूकून की थी, वह यह थी कि हम दोनों एक-दूसरे के रंग का सम्मान करते थे।

वह अक्सर कहता था, 'एक ही तो जीवन है। ऊपर न स्वर्ग है, न नरक। न किसी का बुरा करो, न किसी से क्रूरता। जो कोमल है, जो सुंदर है उसे बचा लो बस... वगैरह वगैरह।'

सेठ यूँ तो बड़े पते की बातें करता था मगर मैं न जाने किस धुन में था। किस रंग में रमा हुआ था, कैसे रंग में भीगा-डूबा-पड़ा हुआ था कि मैं उसकी बातों को उस तरह से नहीं सुनता था जिस तरह से वे बातें सुनी जानी चाहिए थीं।

मैं उसकी बातें वैसे ही सुनता था जैसे दुकान में चलते पंखों की आवाज़ को सुनता था, जैसे चाय की दुकान से लिपटे शोर को सुनता होऊँगा, जैसे सड़क पर चलते वाहन को सुनता रहा था।

मैं उस दौर में केवल रंग और रेखाओं को सुन पा रहा था।

वह सेठ यूँ तो देखने में बेहद साधारण था मगर उसकी आँखों में बहुत पानी था। उसका देखना इतना कोमल था कि वह किसी को भी अपना-अपना सा लगने लगे। एक दिन वह रात भर दुकान पर ही बैठा रहा, सुब्ह-दम जब मैं जगा तो मैंने उसे काउंटर की सीट पर बैठकर सुबक-सुबककर रोते हुए देखा। मैंने उससे पूछा, 'क्या हो गया, सेठ?'

उदासी में लीन, वह धीमे से बुदबुदाया, 'कमर को बर्फ बनाया और चिलचिलाती धूप में गलने के लिए छोड़ दिया। मैं कितना नाशुक्रा हूँ, रूक्ता? सुकोमल उस पुष्प को मैंने उस नज़र से देखा कि वह अनूदित हो गई नये रंग में, यह रंग प्रवेश ही अब उसे बदरंग कर रहा है। जिस नैतिकता की परवाह प्रेम में प्रवेश करते वक़्त नहीं की, उसी नैतिकता का हवाला देकर प्रेम को न निभाने की दलील देता आया हूँ। मैं उसकी रौनक और हँसी उसे वापस करना चाहता हूँ...'

प्रेम के प्रभाव से बचना नामुमकिन है। इसमें आध्यात्मिक प्रभाव से अधिक प्रबलता और गहराई होती है। वह जिस स्त्री से प्रेम करता था, उसका नाम रेवती था। वह अक्सर उसे छोड़कर जाते वक़्त उदास हो जाया करती थी। वह प्रेमी के पास भोर-सी आती थी और जब लौटती, उदास-शाम-सी लौटती थी। सड़क तक पहुँचते-पहुँचते उसकी आँखें एकदम गीली हो जाती थीं। वह बेहद साधारण साड़ियों में भी अप्रतिम सुंदरी लगती थी।

सेठ की साड़ी की दुकान थी जाने क्यों वह उसे बढ़िया साड़ियाँ पहनने के लिए नहीं देता था। कभी-कभी सेठ भी अपनी प्रेमिका रेवती को विदा करते हुए फफक-फफककर रो पड़ता था।

दोनों के बीच क्या था और कितना प्रेम था, वे दोनों ही जानें। कल की चिंता नहीं करने वाले कम रोते हैं।

मैं कल की चिंता नहीं करता था। सेठ ने एक दिन मेरी मुलाकात कलकत्ता से आए 'रैग एंड रैम्प कम्पनी' के मालिक सुदेश भंसाली से करवाई जो कलात्मक चीज़ों के व्यापार, प्रदर्शनी, निर्माण और मार्केटिंग से जुड़ा था।

लाल पतलून, गहरे हरे रंग की शर्ट, पीला कोट और सुग्गापंखी मोतियों से सजे बाल वाला सुदेश एक झक्की किस्म का आदमी था। मगर कला से

उसका लगाव बड़ा गहरा था। वह कलाकृतियों को आँखों से पीता था, उसकी चेतना में कला रची-बसी थी। आँखों में ख़ूब काजल लगाता था और दाहिने हाथ में काँच की रंग-बिरंगी चूड़ियाँ पहनता था।

उसने मेरी पेंटिंग को देखा नहीं, पढ़ा। कुछ दंग हुआ। क्या जोड़ा, क्या घटाया, वह ही जाने, मगर सभी चित्रों को देखने के बाद उसने मुझे गले लगा लिया। उसने कलकत्ता में मेरी पेंटिंगों की प्रदर्शनी लगवाने की बात कही। बात बन निकली। उसने मुझे एक नयी पेंटिंग बनाने को कहा जो प्रदर्शनी स्थल के मुख्यद्वार पर लगाई जानी थी।

मैं रात भर अपने चित्रों की प्रर्दशनी के बारे में सोच-सोचकर इतना उद्वेलित रहा कि नींद ही नहीं आई। कैनवास निकालकर चित्र बनाने लगा। एक ऐसा चित्र रात भर में बना जिसमें आधी तस्वीर मेरे पिता की थी और आधी मेरी।

दोनों के चेहरे पर विचित्र तरह की मायूसी फैली थी।

सेठ ने चित्र को देखते ही मुझसे पूछा, 'आधी तस्वीर तो तुम्हारी है। आधी किसकी है?'

मैंने कहा, 'सपने में एक आदमी आता है जो बार-बार मेरी गर्दन दबाता है। उसी आदमी की तस्वीर है।'

सेठ मुझे मिर्च भरी आँखों से देखता रहा, मैं चेहरा नीम किए वहीं खड़ा रहा।

एक के बाद एक प्रदर्शनी सफल होती चली गई।

रूक्ता प्रसिद्ध हो गया। सीतापुर में उसे कोई नहीं जानता था, सिवाय एक वृद्ध स्त्री के। मगर 'सीतापुर का रूक्ता' बहुत बड़ा चित्रकार बन गया था।

वह वृद्ध स्त्री जो मेरे जीवन का 'जी' थी। जिसे मैं 'आजी' कहना चाहता था मगर कह न सका, मेरे जीवन का केंद्र बन चुकी थी। उसका दिया नाम, उसका दिया गाम, उसका दिया नेह, उसकी जगाई भूख, उसका दिया भोजन, उसके द्वारा थमाई गई थाल... सब मेरे जीवन में रंग की तरह रच-बस गए।

रंग परिचय : नये रंग से मैंने पुरानी तस्वीर खींच ली सही-सही

मोबाइल हाथ में, जेब में, तकिए और किताब के बीच। सोते, उठते-बैठते साथ ही होता था। कलयुगी-मानवदेवता का अस्त्र है मोबाइल। एक दिन यूँ ही उदास होते-होते थक गया तो अपने पड़ोस में रहने वाली मिनाची का ध्यान आया।

मैंने मिनाची को फेसबुक पर जल्दी ही ढूँढ़ निकाला, दस साल बाद भी वही आँखें...। मैंने धीरे-धीरे उसे फॉलो करना शुरू किया। उससे मैसेंजर पर बातें होने लगीं। फिर उससे फोन नंबर लिया और अब हमारे बीच ख़ूब बातचीत होने लगी।

मिनाची एक साधारण-सी लड़की थी जिसकी आँखों में अद्भुत स्वप्नों का आना-जाना था। वह हरे रंग के आकाश और हल्के नीले रंग की माटी का सपना देखती थी। वह भूरे रंग के सूरज और कत्थई रंग के चाँद का ख़्वाब देखती थी। उसे पानी के रंग के फूल चाहिए थे। वह रुकन और सल्वा की एकलौती संतान थी। वे मिनाची को दिलोजान से चाहते थे। गोला बाज़ार में रुकन और सल्वा की फलों की छोटी सी दुकान थी।

रुकन के पिता सेवल, मेरे बाबा के कार ड्राइवर थे। उसकी ईमानदारी और कर्तव्य परायणता से मेरे बाबा बहुत खुश रहा करते थे। बारिश, आँधी-

तूफान हो या बुखार, सेवल का समय से आ जाना, बिना मौसम और अपनी परवाह किए, बाबा को उसके प्रति कृतज्ञ बनाता चला गया।

बाबा एक बार किसी बिज़नेस के सिलसिले में कार से यात्रा कर रहे थे। आदम ख़्वाहिशों की एक नवजात सड़क जंगल से जा रही थी। उस सड़क पर देर रात कार ख़राब हो गई। काली तारकोल पर पसरी अमावस्या की उस रात में शेरों के एक जोड़े ने कार पर हमला बोल दिया। शेरों की नज़र से दूर चले जाने के बाद, रुकी कार को धक्का देने का साहस रुकन के पिता सेवल में ही था। फिर पास की बस्ती तक बाबा को सुरक्षित पहुँचाना सेवल के अलावा किसके वश की बात हो सकती थी?

सेवल से खुश होकर कृतज्ञतावश बाबा ने अपने घर के बगल वाली ज़मीन में सेवल के लिए एक बढ़िया-सा घर बनवा दिया था। मेरे घर से बिल्कुल सटा, मेरे घर की दाहिनी तरफ था वह घर। इसी घर में सेवल का बेटा रुकन अपनी पत्नी सल्वा और बेटी मिनाची के साथ रहा करता था। मिनाची के घर की पूर्वी दीवार से लगकर तीन आकाशचंपा के वृक्ष खड़े थे। उनके पुष्प जब सड़क पर गिरते तो उसके घर के सामने की सड़क पर फूलों का कालीन-सा बिछ जाता था। अख़बार वाला रासो अक्सर उस सड़क पर अपनी खटारा साइकिल चलाकर दुखी हो जाया करता था। वह अक्सर कहा करता था, 'फूलों पर साइकिल चलाने जैसा निर्मम काम मैं हर दिन सुबह-सुबह करता हूँ... ये फूल, ये वृक्ष मुझे कभी माफ़ नहीं करेंगे।'

मिनाची को कहानियों की किताबें पढ़ना बहुत पसंद था। उसकी अंग्रेजी हमउम्र बच्चों से बहुत अधिक अच्छी थी। मगर अन्य विषयों को पढ़ने में उसे ज़रा-सा भी मन नहीं लगता था। हमारी लाइब्रेरी से मिनाची के बाबा उसके लिए तरह-तरह की किताबें ले जाया करते थे। वह घर में बैठकर उन किताबों को पढ़ा करती थी। स्कूल जाकर पाठ्यक्रम की किताबें पढ़ने में

उसका ज़रा सा भी दिल नहीं लगता था। हर साल किसी-न-किसी विषय में वह फेल हो जाया करती थी, कुछ विषयों में बमुश्किल पास हुआ करती थी। वह गणित के लिए नहीं, साहित्य के लिए बनी थी। उसे सबसे अधिक पसंद थी जासूसी किताबें।

अगाथा क्रिस्टी की *एंड देन देयर वेयर नन* और द *मर्डर इन* द *रूइ* में खोई मिनाची को यह ख़बर ही नहीं थी कि एक दिन उसके जीवन में उदासी और तकलीफ़ रहस्यमय तरीके से अवतरित होगी। *हवाना* रेड और द *विग स्लीप* सिरहाने में रखने वाली मिनाची माँ-बाप के गुज़र जाने के बाद कभी अच्छी तरह से सो नहीं पाई।

ए स्टडी इन स्कारलेट जिसकी प्रिय किताब थी उससे स्कूली पढ़ाई पार नहीं लगी। छोटी-सी उम्र में उसका परिवार बिखर गया। उसकी दुकान बिक गई।

जिस मिनाची की प्रिय किताब द *नेम ऑफ द रोज़* थी, उसका जीवन माता-पिता के बिना 'ब्लैक डालिया' हो चुका था। द *साइलेंस ऑफ द लैम्प* उसके जीवन में मौत-सा काला रहस्य लेकर फैल चुका था।

ऐसे में एक दिन वह मदद माँगने मेरे पिता राघवन के पास पहुँची। उन्होंने उसे अंग्रेजी टाइपिंग के लिए रख लिया मगर वह मिनाची से सम्मोहित हो गए।

तेरह साल की मिनाची अभी-अभी टीन एज में आई थी। विपरीत के प्रति अभी-अभी गहरा आकर्षण पनपना शुरू हुआ था। सामने बस एक विकल्प था। नन्ही कोमल लता उस पुराने दरख़्त पर टुग-टुगकर हौले-हौले चढ़ने लगी। धीरे-धीरे वह मेरे पिता की विद्वता, उदारता, सौम्यता से प्रभावित होती चली गई। उसकी कृतज्ञता उसे उस कुंज तक ले गई जो बाद में नरक की सेज तक पहुँचा और उसके भीतर विरोध के स्वर ध्वनित

होने लगे। वह मृत नहीं थी, प्रज्ञाविहीन नहीं थी, संसाधन और विकल्प के अभाव में वह लड़की विपरीत समय में फंस गई थी।

वह अपने बारे में सबकुछ मुझे बताती जाती और मैं बड़े धैर्य से सब सुनता जाता था।

हम आपस में ख़ूब बातें करते थे मगर मैं उसे यह नहीं बताता था कि मैं वही रिज़वान हूँ जो दस साल से लापता है।

बातों-बातों में मुझे एक दिन पता चला कि आज ही मेरे पिता की मृत्यु हुई है।

समय और प्रकाश का घनत्व चेहरे पर चिपकाए मैं प्रश्नवाचक दृष्टि से दर्पण को देखता रहा। अतीत की धूसर चमक वर्तमान के चटक रंग पर भारी पड़ रही थी।

मैं दस साल पहले के रिज़वान को ढूँढ़ रहा था। मगर रूक्ता उसे ढूँढ़ नहीं पा रहा था। हेकड़ का रिज़वान, सीतापुर का रूक्ता, चमोली के प्रसिद्ध आर्ट स्टूडियो 'द पोटेटो इटर्स' का मालिक...

दर्पण की परावर्तक सतह मेरे भीतर तरंग और कंपकंपी पैदा कर रही थी। मैं भीतर-भीतर हिल रहा था। भीतर से आती प्रतिध्वनि मुझे भीतर बुला रही है, मैं और कितना भीतर जाता? दर्पण में दिख रही तस्वीर मुझे बाहर बुला रही थी। मैं और कितना बाहर निकलता?

दर्पण समूचा चेहरा खा जाता है... और अंतर्ज्ञान का कोई चेहरा नहीं होता है। मृत्यु, घृणा और आक्रोश पर ताला कस रही थी। मेरा उससे संबंध असुंदर था इसलिए वह मुझे कभी सुंदर नहीं लगा। देवताओं ने अपने बरामदे पर हम जीवों को बैठा रखा है और हमें अंदर-बाहर करता रहता

है। भीतर से आवाज़ आई होगी और पापा चले गए होंगे। मेरा नाम कब पुकारा जाएगा?

काश! दर्पण हमारा व्यंगचित्र बना पाता।

दर्पण दुख को जितना स्पष्ट दिखा पा रहा था, करुणा को उतना साफ-साफ व्यक्त क्यों नहीं होने दे रहा था?

स्वर्ग से चाँद को छीन लो तो क्या स्वर्ग, स्वर्ग रहेगा?

धरा से सूरज को छीन लो तो क्या जीवन रहेगा?

कलाकार से तूलिका और रंग छीन लो तो क्या वह बच सकेगा? पापा ने मुझसे रंग, तूलिका, कैनवास छीनकर मुझे किताबों के साथ बंद कर दिया था। जलते बल्बों के बीच मैं उबल रहा था। मेरे भीतर घना अंधेरा फैल चुका था।

माँ से बिछड़कर प्यासा रिज़वान... आजी से मिलकर तृप्त हुआ रूक्ता... कला में डूबा, यश में लिथड़ा चित्रकार...

अकेला रिज़वान... भाग और भटक रहा रूक्ता... एक प्रतिष्ठित चित्रकार...

ये तीनों दिखते अलग हैं। क्या ये तीनों सच में अलग हैं?

क्या उदास रिज़वान रंग भरते ही प्रफुल्लित चित्रकार में बदल गया? मेरी वे रेखाएँ कहाँ गईं जो मुझे जगह-बेजगह मिलती रहीं, मैं कितना चिकना हो गया हूँ? रंग मेरी बहुत सी लकीरों को, उजाले को और सफेदी को खा गया। मैं जहाँ-जहाँ सफेद और उजला था, अब कितने ही रंगों से भर गया हूँ।

मैं क्यों हेकड़ जा रहा हूँ?

क्या मेरे पिता को और देख लेने की चाह मुझमें बची थी? क्या मैं उन्हें मृत जानकर सिर्फ़ इसलिए जा रहा था कि वह अब मुझे न लज्जित कर पाते, न ही मुझ पर हाथ उठा पाते? मैं उनकी निरीहता देखना चाहता था या थोड़ी करुणा से देखना रह गया पिता को। क्या उस करुणा से उन्हें देख लेने का संतोष पाना चाहता था मैं? मैंने आख़िरी बार उन्हें लाल आँखों से देखा था। अब उन्हें बुझी और शांत आँखों से देखना चाहता था। क्षमा करते वक़्त आँखें बादामी हो जाती हैं। क्रोध शांत होने पर आँखें राख रंग की हो जाती हैं। प्रतीक्षा में पीली और मिलन में हरी, प्रेम करते वक़्त हल्की गुलाबी। विरह का रंग आसमानी और आँसू का रंग बारिश का रंग है।

मैं हेकड़ जाने की तैयारी करने लगा। मैंने ढंग से शर्ट-पैंट पहनी, जूते-मोजे को ठीक किया। वैसे ही जैसे मेरे पिता कपड़े पहनने का निर्देश मुझे देते रहे थे, बिल्कुल उसी तरह। फिर उसी तरह तन कर चलने लगा जैसे मेरे पिता चला करते थे। मैं तैयार होकर फिर से आईने के पास खड़ा हो गया, मैं आईना देखते-देखते रो रहा था। स्मृतियाँ अंत और अनंत की जेब में आ गई थीं, समय कान में कुछ फुसफुसा रहा था। बाहर चिड़ियों का कलरव चरम पर था। सतबहिनी चरखी कब से कलरव किए जा रही थी। मैंने खिड़की से झाँककर देखा, ठंड में प्योली कहाँ खिलती है? प्योली खिली हुई थी। चार पंखुड़ियों वाली प्योली, मृत बेटी को इस पीले पुष्प में देखता था, किसी प्यारी सी लड़की का पिता और मरते दम तक उसकी आँखों में बेटी की प्रतीक्षा रही, जो गया फिर कहाँ लौटा है? अपने मृत पिता को मैं किस फूल में, किस रंग में देखूँगा?

एक दृश्यमान कोर ...भीतर अनुभव और करुणा में भयंकर द्वंद्व मचा था। हज़ार तरह की चीज़ें सोचते-सोचते मैं घर से बाहर निकला, यह सफ़र

धुंधली तस्वीर को नज़दीक से देखने के लिए तय होना था। क्या नज़दीक पहुँच जाने के बाद तस्वीर साफ हो पाएगी?

मैं न जाने क्यों हेकड़ लौट आया!

❀

रंग प्रत्याशा : कुम्लाही आग का रंग था उसका, इतना तो पता था मुझको, वह राख तो नहीं थी

तब तक ठंड दिमाग़ में जलकुंभी की तरह फैल चुकी थी। पूस की ऐसी ही अलसाई सिकुड़ती, संभलती, थरथराती, सुगबुगाती जमी-जमी-सी सुबह में हल्की-सी भोर की धूप, एकतार की चाशनी की तरह उतरी।

मैंने उस कुत्ते को देखा जो मेरे पिता को मुझसे अधिक प्रिय लगता रहा हमेशा। उसकी आँखों के गरम ओस का खारापन मेरे भीतर के मनुष्य को नम्य आमंत्रण दे रहा था।

पिता का यह अनुशासित और आज्ञाकारी कुत्ता किसी निर्दोष दुनिया से आकर रह गया उनके साथ सदा के लिए। वह परेशान और दुख-जब्त आँखों से मुझे टटोल रहा था। गनीमत यह कि वह मुझपर भौंक नहीं रहा था उस तरह से, जिस तरह से दूरदराज के रिश्तेदार भौंक रहे थे।

दुर्भावना से भरी सभी आँखें टूटा हुआ दर्पण हो गई थीं। उनमें अपना चेहरा देखा नहीं जा रहा था। इतना टूटा और गहरी दरारों से भरा चेहरा...

बैंगनी झालरों से सजा घर और झालरों से लटकते शहद के रंग के मोती।

यह झालर माँ ने क्रोशिया से बनाई थी। शहद की बूँद सी इन मोतियों को मुँह में लेकर मैं चूसने लगता था। माँ मध्यमा और तर्जनी डालकर निकालती... गुनगुनी आवाज़ में कहती : 'कंठ में फंस जाएगा, पेट में चला जाएगा।'

मैं पैर पटक-पटककर रोता था इन मोतियों के लिए।

एक दिन छप्पन भोग, एक दिन दूध भात, फिर लंबा उपवास, प्रेम को जल हो जाने दो ख़ुदा... मैं रो रहा था और पानी परिभाषा से बाहर निकलकर खेल रहा था...

आँसू को भागना होता है, वह आँखों के भीतर कब से कैद पड़ा होता है और मुक्ति की प्रतीक्षा में प्रार्थना करता रहता है। दुख उसे आजाद करता है, कभी-कभी अपार हर्ष भी। आँसू इसलिए तो अति का पूजक है।

ये दूज के चाँद से रिश्तेदार जो मृत्यु की क्रिया-कर्म के बाद कभी नहीं दिखते दुबारा, जाने कहाँ और कैसे इनको मृत्यु की गंध लग जाती है और दौड़े चले आते हैं, मगर मैं जिंदा हूँ यह जानकर वे हैरान और परेशान थे।

अब, न रोने की लगन उनमें बची थी, न ही कुछ पा लेने की आस। पा लेने वालों को देना कब ज़रूरी लगा है?

बाबा ने उड़ती मौत को शराब का धागा फेंककर लपेटा था और जब वह मौत को अपनी तरफ खींच रहे थे, बस उसी क्षण मिनाची नामक नन्हीं चिड़िया का प्रवेश उनके जीवन में हुआ था। बाद के दिनों में वो ही वह पिंजरा बने जिसमें मिनाची बेइंतहा छटपटाती रही। बाबा ने मौत को अपनी तरफ ज़ोर से खींचा। नाज़ुक-सी मौत उस विशालकद आदमी को धीरे-धीरे लील गई।

रसोईघर से आती आवाज़ों में कई तरह की फुसफुसाहटों के मिश्रण हैं।

मेरी माँ मुसलमान थी और मेरा पिता हिंदू थे। मैं कुछ भी नहीं हूँ।

मुझे उनके शव को न जलाने का मन था, न दफ़नाने का मन था। नदी में बहाने का मन था।

मैं जंगल के अंधेरे में छिपकर भाग्य नामक जीव को हस्त-रेखाओं से बुने जाल में फँसाना चाहता था।

जंगल के अंधेरे में सुगंध के पन्नों की फड़फड़ाहट थी। कविता, कलरव में व्यक्त हो रही थी।

क्रिस्टल की तरह शुद्ध और चमचमाती मेरी ईर्ष्या को वह अपनी मृदुता से घिसना चाहती थी। वह घिसकर उत्तरी ध्रुव की ठंडी हवा बन गई थी। मैं अब भी अपनी कुंठाओं के साथ चमकता, दमकता, जलता, मरता हुआ अपनी उपस्थिति पर बेहूदगी की हद तक जाकर गर्व कर रहा था।

चिमनी से धुँआ बाहर निकल रहा था। भीतर की ठंड को आग से निरस्त करने की कृत्रिम कोशिशें जोरों पर थीं।

भुने हुए आलू को तश्तरी में रखकर वह मेरी तरफ मुख़ातिब हुई।

रात में तांबा मिल गया था। ठंड में पक्षाघात के रोगाणु थे। मैंने उसे नमकीन आँखों से देखते हुए पूछा, 'तुम्हारी इस रात से क्या उम्मीद है?'

उसने मुझे करुणा की दृष्टि से देखा और एक पीतल जैसी रौशनी उसके आस-पास फैल गई, मानो वह कोई देवी हो।

मैं भुने आलू के साथ शराब पीना चाहता था। मैं नमक की बोरियाँ निगल लेना चाहता था।

उसने रहस्यमयी आवाज़ में कहा, 'अब क्या करोगे?'

मैंने उसकी तरफ बेचैन नज़रों से देखते हुए पूछा, 'तुम यह घर लेना चाहती हो?'

सपाट-सा उत्तर तीर की भाषा में देते हुए उसने कहा, 'नहीं।'

मैंने उसकी तरफ आश्चर्य से देखा।

मानो मैं पूछना चाहता हूँ, क्यों? मगर वह बर्फ़ हो गई थी। मेरी ठिठुरन चरम पर थी।

वह पिता जो मुझे संभाल नहीं सका या जिससे मैं नहीं संभला, वह मरते वक़्त मेरे लिए क्या सोच रहा था?

ईंट के भट्टे जैसी उसकी ज़िंदगी से कच्चे संतान का निकलना उसे आक्रोशित करता था?

वह उसकी मरी माँ को याद करते हुए अपनी इच्छाओं को दबा लेने वाला इंसान नहीं था। वह गर्मजोशी से स्त्रियों से मिलता था, वह हर दिन दोस्तों की मजलिस लगाता था। उसने मेरी माँ की कमी को शोर और कई तरह की आवाज़ों से भर लिया था।

मैं उस शोर से बार-बार पटकनिया खाता था, मैं हर तरफ से टूट-फूट चुका था। बेहोश लोगों के बीच जाकर ख़ाली शराब की बोतलें इकट्ठा करते-करते रात गुज़ारना मेरी नियति का हिस्सा बन चुका था।

बची हुई शराब पीने से ज़िंदगी ठहर-सी गई थी, यह ठहरना संभलना नहीं था।

मैं न माँ का धर्म जानता हूँ, न पिता का। जी जाने का कोई पंथ होता तो मैं उसका अनुयायी था।

माँ ने अपने लिए जो कुछ कपड़े-गहने जोड़े थे, वे रिश्तेदारों के शरीर पर बिलकुल नहीं जँचते थे।

मेरा मन न किताबों में लगता था, न घर में। मैं ज़्यादा समय सड़क पर गुज़ारता था। जब तक थकता नहीं था, घर नहीं लौटता था।

घर में कोको (हमारा कुत्ता) के अलावा कोई मेरी प्रतीक्षा करता हुआ मुझे नहीं मिलता था।

पिता देर शाम घर लौटते थे।

'मैं स्कूल नहीं जाता हूँ' इस बात की ख़बर उनको उत्तेजित करती थी। शुरू-शुरू में वह मुझे प्रेम से पास बैठाकर समझाते रहे, फिर डाँटने लगे, फिर पीटने लगे, फिर भूखा रखने लगे। मैं नहीं बदला, ज़िद पर अड़ा रहा और एक दुपहरिये भूखे-प्यासे, नंगे-पाँव चलते-चलते बहुत दूर निकल आया। इस भागने की ज़िद में, मैं बेतरतीब भागते हुए एक दिन सीतापुर आ पहुँचा। सीतापुर से रेता और फिर रेता से अपने शहर हेकड़। रेता से हेकड़ लौटना, कई तरह की वापसी और प्रस्थान का हेतु बना।

पिता की मृत्यु के बाद मैं हेकड़ लौट आया। रिश्तेदार ना-नुकर, आश्चर्य, जिज्ञासा और कलह के बीच मुझे बेमन से रिज़वान मानने को तैयार हो गए।

पिता ने वसीयत में वारिस का नाम रिज़वान लिखा था। घर तो मेरा ही होगा, पैसे भी, यह सोचकर बहुत से लोगों को सदमा लगा था।

मिनाची मुझे करुणा की दृष्टि से देखती रही। मैं उसे किसी अनुपयोगी सामान की तरह।

'वह मरते वक़्त चीखा था?'

'नहीं।'

'वह मृत्यु के दिन कैसा था?'

'बेहद ख़ुश... मगर आख़िरी रात थोड़ा परेशान था।'

'उसका कभी किसी से झगड़ा हुआ।'

'नहीं। वह प्रायः शांत और चुप रहा करता था। आख़िरी रात वह मुझसे शराब माँग रहा था।'

'वह किसी स्त्री से प्रेम करता था?'

'हाँ! बहुत सी स्त्रियों से।'

'वह ऑफिस से देर शाम लौटता था?'

'हाँ।'

'तुम उसके पास आया-जाया करती थीं?'

'हाँ। मैं उसके जीवन में आई आख़िरी स्त्री थी।'

'वह मेरी चर्चा करता था?'

'नहीं।'

'यहाँ मेरी और माँ की तस्वीर हुआ करती थी। वह तस्वीर...कहाँ गई?'

'वह गोदाम के स्टील वाले अल्मीरे में है।'

'उसने तुम्हें बताया कि वह मुझे बेरहमी से पीटता था।'

'नहीं बताया, मगर मैं समझती हूँ।'

'कैसे?'

मिनाची ने अपनी पीठ और छाती उघाड़कर दिखलाई।

उन पर ताजे चोटों के निशान थे।

'वह हैवान था।'

'नहीं, वह उतना बुरा भी नहीं था।'

'तो तुम मनुष्य नहीं हो!'

'वह "न" को नहीं समझ पाता था।'

'लड़की तुम अपना भी सम्मान नहीं करती हो।'

'वह "न" के जाल में इस तरह से जकड़ जाता था कि उस बेचैनी में हाथ उठा लेता था।'

'तुम एक पागल को डिफेंड कर रही हो, मिनाची।'

'तुम उसे किस बात के लिए "न" कहती थीं?'

'शराब के लिए...'

'तुम उसे किस बात के लिए "न" कहते थे?'

'स्कूल के लिए...'

'वह तुम्हें हर दिन पीटता था?'

'नहीं। जिस दिन वह बेहद थका और उदास होता था। जिस दिन वह सिर्फ़ और सिर्फ़ शराब के साथ रात गुज़ारना चाहता था।'

'तुमने उस आदमी से क्या सोचकर... मिनाची?'

'दुख एकदम से उतरता है और सभी रास्ते एक बार में बंद कर देता है। फिर जो बचता है, वह कोई एक दलदली गली भर होती है बालिश्त भर जगह, पिल्लू से सिहरते दुख, आफ़त के हज़ार फतिंगों से भरी गली। दुख में चीखने पर कोई हाथ भर बढ़ा दे तो मन उसके प्रति इतना नम हो जाता है कि आदमी उसका असली रंग देख ही नहीं पाता है। वह मुझे एक समय में अच्छा लगा था। मुझे लगा जितना दिख रहा है उतना भर ही है वह। मगर उसके भीतर तरह-तरह के लोग थे। मैंने उसके कई स्वरूपों को देखा। शुरू-शुरू में वह मुझसे बड़ी सौम्यता और धैर्य के साथ मिलता था। उसकी दूधिया हँसी, मीठा चुंबन, तीखी नज़र, किताबों में सनी आँखें, दूध से उफनते बाल, मुझे भले-भले से लगे। मैं धीरे-धीरे उसके प्रति आसक्त होती चली गई। मगर जब आसक्ति से प्रेम की सीढ़ी पर चढ़ी तो उसके स्वास्थ्य और जीवन की चिंताएँ मुझे घेरने लगीं। मैं उसे शराब पीकर मरते हुए नहीं देखना चाहती थी। मैंने अधिकारवश उसे रोकना-टोकना शुरू किया। मगर उसे "न" सुनने की आदत ही नहीं थी। मैंने उसे सिगरेट पीने से रोका तो उसने मुझे धक्का दिया। मैंने उसे शराब पीने से रोका तो उसने मुझ पर हाथ उठाया। "न" ने उसके भीतर के हिंसक पुरुष से मेरा परिचय करवाया। वह एक नहीं था, उसके भीतर अनेक तरह के लोग थे। मैं भी अपनी "न" पर अड़ी रही और वह भी अपनी हिंसा पर। वह मेरी आर्थिक ज़रूरत पूरी करता रहा, मैं उसकी... पता नहीं किस प्रभाव से बीते साल से उसने शराब पीना बिलकुल बंद कर दिया था। मगर मृत्यु की रात उसने मुझसे शराब माँगी और मना करने पर वह मुझे तरह-तरह से आहत करता रहा। मैं हारकर घर से बाहर निकल गई। सुबह आई तो वह बिस्तर पर मृत पड़ा था।'

'तुमने अपने जीवन के महत्त्वपूर्ण पाँच वर्ष गलत व्यक्ति के साथ ख़राब किए, मिनाची। हिंसा को अवसर देना भी अपराध है। सच बताओ मिनाची, तुम्हें क्या ऐसे ही लोग पसंद हैं?'

'नहीं, मुझे शांत, धैर्यवान, मीठे और पारदर्शी लोग पसंद हैं।'

'फिर इतने उम्रदराज़, कठिन, क्रोधी और कई लोगों में बँट चुके इंसान के साथ रहना और इतने लंबे समय तक ठहरना तुमने क्यों स्वीकारा?'

'शायद पैसे के लिए... मुझे इतने पैसे मिल जाते थे कि भरपेट खा सकूँ।'

'तुम कुछ और भी कर सकती थीं।'

'मेरा मन स्कूल कॉलेज की पढ़ाई-लिखाई में बिल्कुल नहीं लगता था।'

'तो सिलाई सीख लेतीं, मिनाची...'

'मुझे सिलाई-कढ़ाई भी पसंद नहीं थी। स्त्री होने भर से रसोई, सिलाई-कढ़ाई-बुनाई में रुचि पैदा हो जाती है क्या?'

'अब क्या करोगी?'

'पता नहीं...'

'फिर पूछता हूँ तुमसे, क्या यह घर तुम्हें चाहिए?'

'नहीं। मेरे पास पहले से घर है। उसका बिजली बिल, हाउस टैक्स भरना ही मुश्किल है। उसे रंगना, साफ-सुथरा रखना, सब मेरे लिए चुनौती बन चुका है। मैं तुम्हारा घर लेकर क्या करूँगी?'

'तो अब तुम अपनी जीविका चलाने के लिए क्या करोगी?'

'फलों की दुकान लगाऊँगी। कुछ पैसों से तुम मेरी मदद कर सकोगे?'

'फलों की दुकान कहाँ लगाओगी?'

'घर के दालान पर...'

'कोई नहीं ख़रीदेगा।'

'तुम बाज़ार में एक जगह देख लो। वहीं खोल लो फल और दूध की दुकान। मैं मदद करूँगा।'

'इस मदद के बदले मुझे क्या करना होगा?'

'मैं तुम्हारी एक तस्वीर बनाऊँगा।'

हेकड़ के रिज़वान की पहली पेंटिंग ताज़े ज़ख़्मों में लिपटी एक स्त्री है।

❀

रंग संवाद : रंग मितानी का। शब्द भी रंग है जिसमें भाव उतारते हैं हम।

सीतापुर के रूक्ता ने हेकड़ के रिज़वान बनने में कोई फुर्ती नहीं दिखलाई। समय के साथ धीरे-धीरे ज़ख़्मों का रंग और आकार बदलने लगा।

एक दिन मिनाची ने मुझसे कहा, 'मेरी और तुम्हारी चोट में फ़र्क है। तुम अपने मन का करने के लिए चोट खा रहे थे, मैं पेट भरने के लिए।'

मैंने आकाश में धूप को टटोलते हुए कहा था, 'मन के लिए कुछ करना अपने देह के देवता को प्रसन्न करना है। पेट के लिए वैसी चोट, वह भी उस तरह से खाना...'

'सबकुछ क्रांति नहीं होती है, कुछ बचे रह जाना भी होता है।'

'यह सच है।'

'अभी उसके (राघव) जाने के बाद भी स्थिति वैसी ही हो गई थी जो पिता के न रहने के बाद पैदा हुई थी।'

'तुम उसे शराब पीने से नहीं रोकतीं तो शायद वह तुम्हें नहीं मारता।'

'हाँ।'

सुनो! मिनाची...तुम्हारे पिता कैसे मरे?

उसने चेहरे को सख़्त करके गला को पूरा खोला, आंखें दीवार पर भेदती हुई बोली:

'शराब की लत से...

'तुम इतने दिन दूर रहे। फिर अपने पिता की मौत के बाद वापस क्यों आए?'

'तुम्हारी कहानी सुनने...'

'मेरी कोई कहानी यहाँ होगी, यह तुम कैसे जानते थे?'

'नियति जानती थी।'

'सीतापुर की जिस बूढ़ी स्त्री की बातें तुम अक्सर किया करते हो, उस स्त्री से उसका नाम भी पूछना तुमने उचित नहीं समझा?'

'उसने थोड़े ही समय में नाम से बहुत बड़ा परिचय खड़ा कर दिया था, नाम जान लेने की चाह उस विराटता में हेरा (खो) गई।'

'तुम उससे मिलने क्यों नहीं गए?'

'दुर्लभ को दुहराया नहीं जा सकता... मिनाची! तुम अपनी माँ के बारे में बताओ।'

'नाम?'

'नाम में क्या रखा है?'

'वह बीमार थी। परेशान थी। पिता उसकी नहीं सुनते थे। उसे पिता को सुनना ही पड़ता था। घर्षण गहरा था तो घिसकर ख़त्म होना भी त्वरित हुआ। वह एक अस्त-व्यस्त, उदास स्त्री की मौत थी। सोफे पर लेटे-लेटे एक दिन वह चल बसी। सिरहाने में कुशन था, कुशन पर मलाई और अरहुल रंग के फूल थे। सामने पलंग पर पापा घरघराती साँसों के साथ सो रहे थे। पास में छोटा-सा टेबल रखी थी, उस पर नाश्ते का बस्ता पड़ा था। प्लास्टिक की बोतल और समस चुका अखरोट पुराने अख़बार पर लोटा रहा था। क्रिसमस के पेड़ के बगल में भेड़शाला, छोटी-बड़ी भेड़ों के बीच नवजात येशु... फ्रिज में छोटे-बड़े कई पात्रों में बेहद गैरज़रूरी चीज़ें बस यूँ ही पड़ी थीं। फ्रिजर में पावभाजी से लेकर चाट मसाले ठंड उगलते कोनों को टुकुर-टुकुर निहार थे। वॉशिंग मशीन में स्कूल ड्रेस और कपड़े पड़े थे। आम के पेड़ के नीचे नल के पास डस्टबिन धुलने की प्रतीक्षा में था। मिक्सी का छोटा नया डिब्बा ख़राब पड़े माइक्रोवेव पर खड़ा था। बड़े टेबल पर किताब, टिफ़िन, कपड़ों के झोले और कमरे की फ़र्श पर बहुत सारा सामान पड़ा था। रसोई की बेसिन में झूठे बर्तन पड़े थे। स्लैब पर प्याज़, आलू के छिलके और हरी सब्ज़ियों की कतरन बिखरी पड़ी थी। माँ चल बसी और मैं बिखरती चली गई।'

'ओह! यह एक उदास स्त्री की मौत थी।'

रंग भारी : उठाए लीब-लीब जाए मन

एक भारी दिन मैं और मिनाची अतीत के दृश्यों से वर्तमान का ज्ञान बढ़ाने बैठे। उस दिन के पेट में टिक्-टिक् करती घड़ी थी। मिनाची तर्पण के मंत्रों सा अपनी कहानी बुदबुदा रही थी। उसने न जाने कब अपने मन का मुंडन कर दिया था। मिनाची का गला सूख रहा था और वह पास के टेबल से पानी का गिलास उठाकर एक बार में गटक गई, लगा सच को एकदम से गटक रही है। उदासी में सना चेहरा और फूल से लदी डाली सी झुकी आवाज में उसने कहा, 'रूप, रंग, उम्र, सगुन, अपसगुन, भाग्य, दुर्भाग्य, सुनिर्धारित कर्त्तव्य, परिभाषित वर्ज्य के चक्रव्यूह से निकलना कठिन था। मैं भूखी थी और पेट एकदम ख़ाली था।

हमें जल पीता है। वायु निगलती है। माटी खाती है। गर्मी गलाती है और हम एक दिन ख़त्म हो जाते हैं यह सोचते-सोचते कि हमने जल पिया, हमने वायु लिया, हमने माटी घिसी, हमने पसीना बहाया। जब अन्न नहीं खा रहे होते हैं तब अन्न हमें खा रहा होता है। हम पशु, पंछी या जीव का भक्षण नहीं करते तो वे हमें खा रहे होते हैं। जितना जल ने हमको पीया, हमने भी बस उतना ही जल पीया है। जल फिर भी बचा रह, हम ख़त्म हो जाते हैं। मेरी माँ कभी कुंदरी नहीं पकाती थी। उस दिन पापा के मित्र कुंदरी ले आए। उन्होंने ही उसकी सूखी सब्ज़ी बनाने का तरीका बतलाया। अपने जीवन में पहली बार हमने कुंदरी खाई और उसी दिन हृदयाघात से मेरी माँ की मौत हो गई। तेरह अगस्त का वह दिन मैं भुलाए नहीं भूल पाती हूँ, रिज़वान। मेरे स्वप्न में यह सब्ज़ी अक्सर आ जाया करती है और मैं सिहर उठती हूँ। ऐसा फल जो मेरी आत्मा के टुकड़े-टुकड़े कर देता है। मैं इस सब्ज़ी से भय खाने लगी हूँ।'

'निर्दोष सब्ज़ी को न कोसो, मिनाची। तुम्हारे मनोमस्तिष्क को बुरी तरह प्रभावित करने वाले उस दुख का कारण सब्ज़ी के सिर पर ठोककर तुम कितनी तरह के लोगों, कितनी तरह की परिस्थितियों और कितने तरह के दुखों को आरोप से लगभग बरी कर रही हो।'

किसी भले, मायूस आदमी का चेहरा ही तो भगवान चेहरा है। हमारे सौ भटकन, एक प्रेम के लिए... एक प्रेम है जो किसी के लिए नहीं भटकता। सब उसे पा लेना चाहते हैं और वह किसी का होना नहीं चाहता। हम छोटे-छोटे अहंकारों से जो एक परिधि बनाते हैं, प्रेम सबसे पहले उसी के अतिक्रमण को हमें उकसाता है; क्योंकि वह परिधि के भीतर कभी न आ सकने के लिए प्रतिबद्ध है। मैं मिनाची की तरफ आकर्षित हो रहा था। हम मनाएँगे वे सारे उत्सव जो हमारे धर्म को बचाएँगे हम कुछ भी ऐसा नहीं जताएँगे जिससे हमारी मनुष्यता बची रहेगी।

बारिश से सड़क, मंगोड़ी, पापड़, लाल सूखी मिर्च सब ख़राब हो जाएँगे, इस बात की चिंता है आम आदमी को मगर हिंसा एक कोमल इंसान की बूटी-बूटी खा जाती है, इसका कोई अफ़सोस और मातम नहीं है। मिनाची की आकांक्षाएँ, इच्छाएँ, संकल्प और उसका जीया जीवन, सब आँखों पर से कई मोटे-पतले पर्दों को धीरे-धीरे उठा रहा था।

'मिनाची! तुम मेरे पिता को छोड़कर किसी और को चुन सकती थीं।'

'बार-बार लज्जा उतारने का अर्थ समझते हो तुम? दूसरी जगह चोट न मिलती इसकी क्या कोई गारंटी थी? एक बार नरक में पाँव रखा, कितनी-कितनी बार और कहाँ-कहाँ रखती... मन, आत्मा और देह का "नरक-निवेश" आसान है क्या?'

'रिज़वान, तुम्हें अपनी माँ अब भी याद है?'

'हाँ, याद है। वह बहुत डोमिनेटिंग थी। बाबा उसके अनुयायी थे। माँ को शराब पीना पसंद था। सलीके से पीती थी, बाबा भी उनका साथ देते थे। फिर वह चली गई। पापा सलीका भूल गए।'

'क्या शराब इतनी बुरी है?'

'नहीं। आदमी बहुत बुरी चीज़ है।'

रंग वितान /विवर्तन/ परिवर्तन : ऐसो रंग और नहीं देखी

मैंने पुराने घर को तुड़वाकर नया घर बनाया है। उस घर में न तो मेरी माँ की कोई पेंटिंग है, न ही मेरे पिता की कोई पेंटिंग है।

सीतापुर की उस वृद्धा की पेंटिंग है जिसने एल्युमिनियम की थाली में मुझे गरमागरम खाना परोसा था।

ड्राइंग रूम की दाहिनी दीवार पर भोजन से भरी एल्यूमिनियम की थाली की तस्वीर है।

दुख रंग से भी मिटाया जा सकता है...

मिनाची को फल और दूध बेचते दो दशक बीत गए। मगर अतीत है जो बिकता ही नहीं है। न उसकी चमक कम होती है, न उसे कोई मोलकर ले जाता है।

जिसे किस्मत बड़ा "न" कहती है वह हर "न" को हथौड़ा बना लेता है, इसे-उसे न जाने किसे-किसे ठोकता रहता है उस "न" से...

जो "न" को नल की टोटी बना लेता है, वह कितने ही प्यासों की तृप्ति का कारण बनता है।

"न" बरतना सबको नहीं आता है।

गहरा प्रेम हिंसा की छाया में व्यभिचार हो जाता है।

हिंसा संक्रामक है और सुंदर से सुंदर चीज़ों को रूग्ण कर देती है।

एक दिन मैंने मिनाची से पूछा, 'तुम अपने लिए लड़ते हुए मर सकती थीं।'

उसने धीमे से कहा, 'मैं जीना चाहती थी।'

'मज़दूरी कर लेती।'

'नहीं कर सकी।'

'तुम अपने ज़ख़्मों को क्या उत्तर दोगी?'

'पश्चाताप...'

'तुम मुझे कैसे देखती हो?'

'दुःख से भागा...'

'मैं तुम्हें जीता हुआ आदमी नहीं लगता हूँ।'

'जो भी जीवन में बना हुआ है, वह हारा हुआ नहीं है...'

'सब विजेता हैं?'

'हाँ।'

'मेरे जितने बड़े?'

'हाँ।'

'तुम मजाक अच्छा कर लेती हो।'

'मजाक सिर्फ़ और सिर्फ़ जीवन करता है। मनुष्य की क्या औकात... समय ने बिसात बिछाई है। हम सब आँख पर पट्टी बाँधे टेढ़े, सीधे भागे जा रहे हैं, कहाँ पहुँचेंगे, कोई ख़बर नहीं। अगर मैं तुम्हें आज से शराब पीने नहीं दूँ तो...'

'तुम्हें ताजे ज़ख़्मों का शौक तो नहीं?'

'तुम कितने अधिक हारे हो, देख लो। तुम्हारे सफ़र में रिज़वान नहीं बच सका। वह राघव हो गया।'

'नहीं। यह झूठ है।'

'यह सच है।'

'नहीं, उस पेंटिंग में आधा मैं था। आधा ही वह था।'

'वह तुम्हें निगल गया।'

'मैं नहीं मानता।'

मिनाची ने चुप्पी से दिया मेरे अंतिम वाक्य का उत्तर, 'तुम एक दिन मानोगे।'

मैं बढ़ते समय के साथ घटते मेरे मनुष्य को पहचान गया, मैं जहाँ-जहाँ से जितना-जितना घटा था, मैंने वहाँ-वहाँ स्वयं को जोड़ना शुरू किया, कितना जोड़ सका, इसका पता नहीं....

❀

रंग समाधि : चार पल से गुज़र गए वे चौबीस वर्ष

चौबीस बर्ष बाद...

कोमलता, कोमलता को पहचानती है।

मैंने एक बार फिर माँ की तस्वीर बनाई है। इस बार तस्वीर में माँ पहले से अधिक युवा और प्रसन्न लग रही है। उसकी गोद में मैं बैठा हुआ हूँ, मेरे हाथ में तूलिका है। मैं खिलखिलाकर हँस रहा हूँ। हँसता हुआ बच्चा लौटने लगा है।

अब मुझे किसी नशे, किसी भाषा, किसी स्कूल की ज़रूरत नहीं है। मैं बढ़ता जा रहा हूँ और एक दोस्त अक्सर मुझे कविताएँ सुनाती है।

फल और दूध बेचते हुए भी लिखी जा सकती हैं, सुंदर कविताएँ...

सुकून-ए-क़ल्ब था कहाँ?
सुकून-बख़्श रंग ने सुकून-ज़ार गढ़ दिया
मैं खींचता रहा लकीरें, रंग भरता चला गया...

14
वह पागल नहीं थी

स्थूल शरीर, रोम-रोम से आती खट्टी गंध। दालचीनी-रंग की मोटी-मोटी उँगलियों में फंसी सोने-हीरे की कई अँगूठियाँ निकलकर उड़ जाना चाहती हैं आसमान में।

सगाई वाली अँगूठी सूरज से विवाह कर घर बसाना चाहती है, वह शनि को जन्म देना नहीं चाहती है। वह जन्म भी देगी तो रश्मि, प्रभा या किसी ज्योति को।

वह अपने रात्रि-वस्त्र में और भी भारी-भरकम लगती है। भारी-भरकम स्त्री हल्के मिज़ाज के लोगों को बड़ी कड़वी लगती है। उसकी पड़ोसिन अंबिका उससे मिलने आई है। वह अंबिका के पास आकर पूछती है, 'अंबिका, तुम ही सामने वाले शिव की पत्नी हो? हो न? वेश बदलकर आती हो न मुझसे मिलने?'

अंबिका, कामाख्या की बातें सुनकर चौंक जाती है। कामाख्या ठहाके लगाकर कहती है, 'पकड़ी गईं तो चेहरे का नूर चला गया। देखो, दीवार

से गाँधी झाँक रहे हैं। मैं राजनीति में आऊँगी। प्रधानमंत्री बनूँगी। तुम्हें शिक्षामंत्री बनाऊँगी। बनोगी न?'

अंबिका उसके ठहाके और अजीबोग़रीब बातों के बीच बनते-बिगड़ते तारतम्य को देखकर घबरा उठती है। कामाख्या थिरकते हुए कहती है, 'अंबिका देखो, मैं प्रकृति में हस्तक्षेप करने की ताकत के साथ पैदा हुई हूँ। मैंने ठहाका लगाया और देख, देख न! कितनी खुली धूप निकली है। पता है, मैं रोऊँगी तो बारिश शुरू हो जाएगी।'

अंबिका को उसकी बहकी-बहकी बातों से डर लगने लगा है। उसने अपने पर्स को संभाला। घड़ी में समय देखा, बारह बज रहा था। अंबिका सोफे पर से उठने की कोशिश करने लगी।

तभी कामाख्या ने उसे धक्का देकर बैठा दिया और बीहू का गीत गाने लगी :

उका मनोरे पदुलि; उखल माखल खन लगालि
कुलि केतकी दिलेही किनु बातोरी
दालें दालें परि आमालै आनिलि
कुलि केतकी दिलेही किनु बातोरी ओह
बहागर जाननि

(कोयल और केतकी हमारे लिए बीहू का संदेश लेकर आई हैं। सारे वातावरण में खुशियों की बौछार हो रही है। सारे पेड़-पौधों में नयी जान आ गई है। यह देखकर मेरा मन प्रफुल्लित हुआ जाता है।)

गाते-गाते वह हाथ पीछे बाँध कर लय के साथ थिरकने लगी। कमर तक खुले घुंघराले बाल विद्युत तार की तरह लहरा उठे। चाय के जलने की गंध से कमरा सड़फड़ा उठता है। वह फिर भी नाचना नहीं रोकती है। नाच

में त्वरण बढ़ता जाता है, चेहरा विकृत होता जाता है। वह झूमती जाती है, अंबिका मौका देखकर उसके घर से भाग निकलती है। अपने घर में पहुँचकर फुर्ती से कुंडी लगा लेती है।

अंबिका शाम के चार बजे रसोई की खिड़की खोलकर देखती है। कामाख्या दालान के बेसिन के पास खड़ी है और जली केतली को घिस-घिस कर माँज रही है। पैशन फ्रूट की लता उसके दायीं बांह को छू रही है। बियर की ख़ाली नीली बोतलों में मनी प्लांट हँस रहा है। कामख्या कभी केले के पत्ते को देखती है, कभी सीढ़ी पर उतरती धूप को। अचानक वह बर्तन माँजना छोड़कर सीढ़ी को ताकने लगती है।

हर सीढ़ी पर बगल वाले नलकूप की छाया उभरी हुई है। तेरहवीं सीढ़ी पर नलकूप की सबसे बड़ी छाया और तीसरी सीढ़ी पर नलकूप की सबसे छोटी छाया है। पहली और दूसरी सीढ़ी पर धूप नहीं है। वह थक कर पहली सीढ़ी पर बैठ जाती है और आसमान को देखकर कोई गीत गाने लगती है।

वह पागल नहीं थी

कर दी गई...

अपनों से ज़्यादा ख़तरनाक कौन होता है?

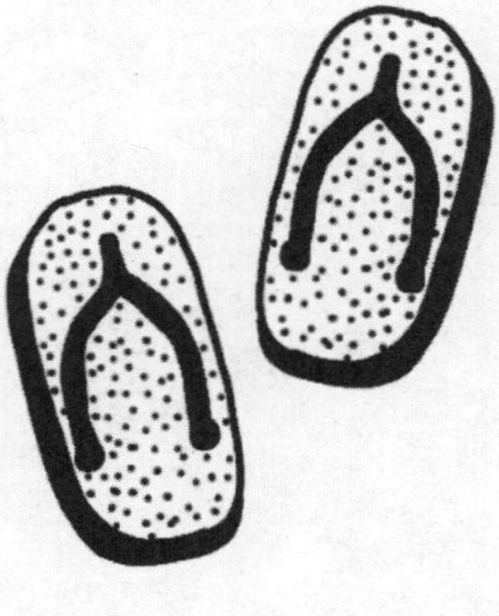

15
हवाई चप्पल

'चलो तुम्हारे लिए एक हीरे का हार ख़रीदना है।'

'मुझे नहीं चाहिए।'

'क्यों?'

'मैं प्रेमिका हूँ, वेश्या नहीं।'

'मैं तुम्हें प्रेमिका से ऊपर का दर्जा देता हूँ। मेरे हृदय में माँ के बिल्कुल बगल में तुम्हारी प्रतिमा है। क्या इतना सा भी अधिकार नहीं मुझे कि मैं एक उपहार अपनी जायज़ कमाई से अपनी जायज़ प्रेमिका को दे सकूँ। प्लीज़, मेरा मन रख लो।'

'देना चाहते हो?'

'हाँ। मेरा मान रख लो।'

'एक हवाई चप्पल ख़रीद दो। वह भी दुकान से नहीं। होटल के बगल वाले फुटपाथ से।'

'क्यों? तुम्हारा डॉक्टर पति जब महँगी चप्पल ख़रीद सकता है तो हवाई चप्पल भी ख़रीद ही देगा।'

'सुनो, वह हीरे का हार भी ख़रीद सकता है...'

'हाँ, हम दोनों तुम्हारे लिए कोई भी चीज़ ख़रीद सकते हैं। लेकिन मुझसे हवाई चप्पल क्यों?'

'मैंने कई बार उन्हें हवाई चप्पल लाने को कहा, वह हर बार भूल जाते हैं।'

उसी क्षण प्रेमी ने एक प्रण लिया कि वह दुबारा कभी भी अपनी प्रेमिका से नहीं पूछेगा कि वह उससे क्यों प्रेम करती है?

प्रेमी ने प्रेमिका के चेहरे को देखा। एक निश्चल शांत-सी लड़की जिसकी आँखों में है नरम हरी चादर और एक भोर गीत।

प्रेमिका ने हज़ारों रुपये की अपनी चप्पल उतारकर कार में रख दी। हवाई चप्पल पहनकर होटल से घर लौटी।

तीन महीने बाद एक दिन पति ने पूछा, 'ये हवाई चप्पल कब ली?'

प्रेमिका ने प्रेमी से मिलने की तारीख़ याद कर कहा, 'तीन महीने हो गए।'

पति ने कहा, 'बहुत चली।'

प्रेमिका ने कहा, 'लंबी चलेगी।'

16
भीगे तकिए धूप में

मीनल सोलह साल की हो गई है। अब वह माँ के तकिए रोज़ सबेरे धूप में रख आती है और शाम को चादर के साथ तकिये का कवर बदलना नहीं भूलती। एक डायरी, कलम और कुछ नीले-पीले सफेद फूल माँ के सिरहाने पर रख देती है। कभी-कभी वह सिरहाने पर रख देती है गजरा जो वह मोल लाती है पद्मनाभास्वामी मंदिर के पास वाली दुकान से। उसकी गमक माँ की रात में गंध जोड़ती है और सपनों के नसीब में आता है एक ताबीज़ जो हर लेता है मन की सारी पीड़ाओं को। मध्य रात्रि में माँ की सब पीड़ाएँ पारिजात के फूल बन बिखर जाती हैं माटी में!

न माँ पूछती है, न बेटी बताती है। जताती तो कुछ भी नहीं। चुप माँ की आँखों में शहर की सारी धूल और नींद होती है। शाम होते ही माँ की गदराई आँखों में पीड़ा के पक्षी झुंड में आते हैं, मानो माँ की आँखें पीड़ाओं के घोंसले हों। माँ की रातों में अनंत परछाइयों का डेरा है, विचित्र आकृतियों का आना-जाना और एक असह्य रिक्ति है। उसकी आँखें हमेशा कुछ

टोहती रहती हैं, मीनल, पति, दीवार, ऑफ़िस की घड़ी और सड़क की पगडंडियों पर।

उसकी मुस्कान – काठ की नाव, उन पर शब्दों की कई रंग-बिरंगी गठरियाँ रखी रहती हैं, न माँ उन्हें खोलती है, न मीनल उनसे आग्रह करती है।

माँ की आँखों में प्रतीक्षा की टीस है क्योंकि वह बंद दरवाज़ों के पीछे का इंतज़ार है। हवा कई बार आई, ठकठका कर गई। बेचैन माँ ने उठकर नहीं खोला दरवाज़ा। कई बार मीठी धूप दरवाज़े और दालान पर रंगोली बना कर चली गई।

माँ क्वांटम फिजिक्स पढ़ाती है और फोटॉन गिनते-गिनते साँझ हो गई। आजकल माँ क्वांटम मैकेनिक्स के बजाय मैथेमेटिकल फिजिक्स की किताबें पढ़ने लगी है। हैलिडे रस्निक बनाते देख मीनल से पूछती है, “आसान है न?” मीनल भीगी मुस्कान की फुहारों से माँ का मन भिगाती है। मीनल पहले ऐसी नहीं थी। गुस्से से चीखती-चिल्लाती, माँ की लापरवाही पर ताने कसते पिता के साथ मौन स्वीकृति में खड़ी।

माँ भी पहले इतनी चुप कहाँ थी? ये चुप्पी उम्र की इनायत थी। वह जब उस फूल वाले से बातें करती थी तो नीले-पीले सफेद कितने फूल माँ की आँखों में तैरने लगते थे। मुस्कान की नाव पर कितनी कविताएँ छिटक जाती थीं। मुस्कान तब यूँ काठ-सी कहाँ थी? वह हरी थी और फूल से लदी भी।

वह न जाने कौन-सी बातें करता था, माँ ख़ूब हँसती थी। कितनी किताबों की चर्चाओं से भरी बातें, नीलकंठी बातें। वह माँ के क्लेश अपने संवादों में सोख लेता था। माँ हल्की मुस्कुराती, खोई-खोई और हम सबसे दूर अलग-सी दुनिया का झरना हो गई थी।

सब देख रहे थे। न मीनल की पढ़ाई पर ध्यान था माँ का। न पापा के तन्हा पलों की ज़िम्मेदारी। पापा और मीनल मिलकर बाँट रहे थे, उन बेस्वाद और उपेक्षित पलों की असह्य पीड़ाओं को।

माँ ख़ुद में खोई, घुली और संतृप्त। मीनल और उसके पापा प्यास से तड़प रहे थे। वह कलम, कविता और उस फूल वाले के संवादों से संपूर्ण। माँ का स्वार्थ और मीनल के पिता का एकाकीपन समानांतर रेखाओं पर विचरण कर रहे थे। समय की रेल चल रही थी। दोनों पटरियाँ थरथरा रही थीं। पर अलग-अलग, समानांतर, दिशा एक पर अलगाव विलक्षण।

पिता की आँखों का दर्द, माँ की रुख़ाई और हर पल 'नॉन इंटेलैक्चुअल' के तानों से गूँज रहा था घर। मितभाषी पिता की आँखों से टपकता दर्द, शहतूत सा मीनल के श्वेत मानस पटल पर कई दाग़ बनाता गया। कड़वी स्मृतियों से रंगे उसके मन पर पिता बिछ गए थे। प्रेम पहले भी पिता से ज़्यादा था, माँ की डाँट, गुस्से और अनुशासन की बातें पहले ही उसे माँ से दूर कर चुकी थीं। पर इन दो सालों में जब माँ फूल वाले की ख़ुमारी में थी तो मीनल पिता की धड़कन बन गई थी। दोनों को बस एक ही डर सता रहा था कि माँ उनकी दुनिया से अलग न हो जाए। वह हाथ झटक रही थी और बाप-बेटी उसे कस कर अपनी ओर खींच रहे थे। इस अदृश्य रशाकस्सी में सबके हाथ छिल गए थे।

धीरे-धीरे पानी बह रहा था, मीनल और उसके पिता बाँध नहीं बना पा रहे थे। वे उसकी ख़ुशी में ख़ुश होना तो चाहते थे पर ये कैसी ख़ुशी थी जो उन्हें दफ़न कर देती और वे अभी मौत मान लें, संभव ही नहीं हो पा रहा था।

माँ की कई कविताएँ, कई कहानियाँ, कुछ रेखाचित्र अधूरे पड़े थे, वह दर्द से कभी नहीं चीखी, पर उसकी आँखों की चीख पलकें कहाँ दबा पाती

थी। ख़ाली पेट थायरॉइड की गोली फाँकती, सोफे से लगकर दीवार को आँखों से चबाती माँ अब न डरपोक रही, न निडर।

उसके बालमान का वह दर्द था या उसके भीतर का विद्रोही युवा दबा दिया गया था या परिवार के संक्रीण वैचारिक आग्रह से वह त्रस्त थी या माँ को मिली सतत उपेक्षा इसका कारण थी या विश्वविद्यालय के सहकर्मियों की जटिलता उसे परेशान कर रही थी या फूल वाले की याद में वह बेचैन थी। कारण जो भी रहा हो। माँ को अवसाद ने थरथराते हाथों से छुआ था। मीनल और पति उसका सहारा थे, आँखें कहती थीं पर ज़बान पर असह्य चुप्पी। परिवार की हर ख़ुशी में शामिल। विश्वविद्यालय में सब कुछ सामान्य, घर के सब काम हो रहे थे। वह एक रोबोट सी, जितना अपनों, दूसरों के लिए ज़रूरी उतना ही जी रही थी, अपने लिए कहाँ जी पा रही थी?

अवसाद ने तलवे में चिकनाई लगा दी थी, माँ फिसल रही है। मीनल थाम रही है, माँ संभल रही है। अगल-बगल खाइयाँ हैं जो माँ की आँखों में धँस गई है। माँ डर से आँखें मूँदे रहती है। वह किताबों से ढँक लेती है अपना चेहरा। उसके उलझे बालों में तेल लगाती मीनल कहाँ गाती है लोरियाँ? पर माँ बाल सुलझाने के क्रम में ही सोने लगती है और लगता है मानो नींद की गोली सा उसका स्पर्श घुल गया है माँ के पानी जैसे तन में। जल सी सरल, शहद सी मीठी माँ।

फ़ोन बजता रहता, वह उठकर फ़ोन नहीं उठाती। संबंधी, मित्र और सब संबधों से प्रस्तर विरक्ति। शब्दों को पढ़ती, गढ़ती, पीती-पचाती, लिखती पर बोलती नहीं। न टीवी, न मोबाइल, बस कलम, गजरा और रात के बासी भीगे तकिए की नमी में सूजे गाल और फूली आँखों के साथ गुज़रते थे माँ के वे छटपटाते दिन।

कोई गहने नहीं सजाती, बाहर जाती तो कभी मोती पहन लेती। मोती उसे पसंद थे पर घर में उसे भी तन से नहीं लगाती। वज़न कभी अचानक ही बढ़ जाता, कभी घट जाता। सूरज सी जलती उसकी देह घटता-बढ़ता चाँद हो गई थी और आँखें झरना जिससे रिक्ति बहती थी। मीनल तड़प उठती थी जब माँ उसे देख मुस्काती थी, वह दर्द से लबालब मुस्कान उसके कलेजे को विषपिपरी की तरह चिपक कर कुदेरती थी। माँ की आँखों के आसपास मीनल का दिल ज़ोर-ज़ोर से धड़कता था।

माँ नदी बन चुकी थी जिसके पेट में थीं असंख्य मछलियाँ। तैरती मछलियों से सिहर उठता था उसका तन। माँ अपनी उँगलियाँ किसी को छूने नहीं देती थी, उसने उन थरथराती उँगलियों से एक दिन साँझ को छुआ था और साँझ छूते ही ढलकर रात हो गई थी। ठंडी उस साँझ ने उसकी उँगलियों को बर्फ कर दिया था। उसके पास आज सबसे बेशकीमती कुछ है तो बस ये उँगलियाँ, जिन्होंने साँझ के गहरे नारंगी और राख रंग में डूबकर लिखी थी पहली नज़्म, पर उसके बगल में वह लिख नहीं पाती थी अपना नाम। शायद इसलिए साँझ होते ही माँ सो जाती है और मध्यरात्रि से जागकर नज़्म गढ़ती-पढ़ती रहती थी...

वह फूल वाला था, या पिता की जिद जो माँ के तलवे पर चिकनाई मल गया, इससे ज़रूरी प्रश्न यह था कि माँ डगमगा रही है और उसके पैर फिर से कैसे जमे मिट्टी पर?

वह उम्र के चौथे दशक में थी, एक रिक्ति है जो दीवारों से घिरती जाती है, अकेलापन भीतर की ओर ढहाता जाता है। उसकी आँखें प्लेटफ़ॉर्म सी हो गई हैं जो इंतज़ार में हैं रेल के और उसे लगता है, उस रेल से आएगा, उसका फूलों वाला दोस्त।

मन में मित्र को बुनते रहना कितना श्रमसाध्य है उसके लिए। खाँचा बना कर हर मिली मूरत को उसमें समायोजित करने की कठिन जद्दोजहद। उसकी उम्मीद फाँसी के फँदे की तरह आ लटकती है, चेहरे के ठीक सामने गले के बिल्कुल पास।

ज्यों-ज्यों रिक्त गहरा होता है और अँधेरा बढ़ता जाता है, दीवारें पहले से ज़्यादा अभेद्य हो जाती हैं। ख़्वाबों में विपदाएँ पीछा करती हैं, क़लम किताब से अलग खड़ी वह व्यक्ति ढूँढ़ती है। कुछ सफेद-नीले चेहरे, रंग पुते उसके सामने विचित्र मुद्राओं में खड़े हो जाते हैं।

उसे फूल वाले जैसे मित्र की तलाश थी जो बैठे, थामे हाथ, सुने घंटों, तोड़े चुप्पी, साथ हँसे, साथ रोए... जो निर्णय नहीं दे, सलाह भी नहीं, पर समझ सकने का हुनर रखता हो। मीनल वही 'फूल वाला दोस्त' बनना चाहती थी माँ का। इससे पहले कि उन दीवारों के भीतर अवसाद की कंटीली झाड़ियाँ उग आएँ, साँपों की नस्लें फुंकारें, विष के चढ़ने से ठीक पहले मीनल को ढहानी थी वे दीवारें, वे अभेद्य क़िले। उसे (मीनल को) भरना होगा उस रिक्त को अपने प्यार, विश्वास, कविता और फूलों की खेती से।

माँ को भावात्मक और बौद्धिक संसर्ग की ज़रूरत थी। मीनल और पति उसकी ज़रूरतों को समझ पाने का साहस नहीं कर पाए। उनकी बेरुख़ी, लापरवाही और बिगड़ते तेवर ने माँ के पाँव जकड़ लिए। वह चीखी, चिल्लाई, उसने सिर पटका। परिवार टस से मस नहीं हुआ। वह हाथ जोड़ ,पाँव पकड़ गिड़गिड़ाई, सब स्वार्थ के हैड फोन लगाकर सो गए। कोरियन बैंड में खोया परिवार जान ही नहीं पाया कि माँ अब भी कबीर के दोहों में अटकी है। *आज जाने की ज़िद न करो...* बजता रहा, वह जकड़ती गई। शब्द की शून्यता, निर्वात बढ़ता गया। अवसाद गहराता रहा, माँ सबकी अपेक्षाओं में ढलकर माटी से पीतल की हो गई। अब

वह सिर्फ सबकी थी, बस अपनी नहीं रही। बस आँखें थीं जो न किसी की गुलामी कर पाईं, उनकी भी नहीं। आँखें बोलती रहीं तब तक, जब तक मीनल सीख न पाई उन आँखों की वह भाषा और उसके वे मर्मस्पर्शी वर्ण। जब सीख गई आँखों की बोली तो पढ़ा उन आँखों को और बिखर गई उसके दर्द के भार से। समेटा ख़ुद को और डट गई माँ को समेटने में।

कभी उसे बीन कर लाती है बचपन की गलियों से, फटी-चिथड़ी होती है, पट्टी लगाती है, दवा भी।

मीनल देखती है माँ को हट-हट दुपहरिये में तपते हुए और तपकर गलने से ठीक पहले पकड़कर ले आती है, युवावस्था की उस माँ को जो भिड़ गई थी यूनिवर्सिटी हेड से जाति पूछने पर और जड़ दिया था एक तमाचा उस शिक्षा प्रणाली पर जो जाति और परिवार की हैसियत देख कर बनाती थी अपना नायक।

मीनल माँ को बीन कर लाई है, पिता के धूप से चिलमिलाते आँगन से, वह कुम्हलाई थी, सन स्क्रीन लगाया, जहाँ-जहाँ फटी थी, रफू किया।

माँ को उस हर जगह से बीनना, जोड़ना और सहेजना कितना ज़रूरी है, यह समझने में ज़रा सी देर लगी मीनल को।

मैं मीनल 'माँ की चीं-चीं चिरैया'! मैं देखती हूँ किताबों, फाइलों के बीच धूल-धूसरित माँ का चेहरा जिस पर उग आए हैं कई जाले। मैं हाथ पकड़ कर उसे निकाल रही हूँ। उसके हाथ थरथरा रहे हैं। कभी-कभी माँ आवाज़ सुनकर भी कोई प्रतिक्रिया नहीं देती है, निरुत्तर ऐसे बैठ जाती है मानो कोई बेचैन उदास प्रतिमा भोग की प्रतीक्षा में बैठी हो। कभी-कभी मुझे देखकर माँ का चेहरा जैतून के फूल सा दमक उठता है। उसका दमकता चेहरा मेरे

भीतर राहत सा घुल जाता है। मैं ठीक उसी क्षण एक रंग का नाम लिख देती हूँ, अपनी उदास और बेरंग कॉपी पर।

भीगे तकिए, रिक्त स्त्रियों के विलाप की नम गवाही हैं। अवसाद को धूप लगाते हम बच्चे जानते हैं उम्र की रस्साकशी में घिसी अपनी माँओं का दर्द... उपटा दी जानी चाहिए जूट की हर वह खेती जो रस्सी बनाती है।

माँ आम का पेड़ हो गई है, उस पर अवसाद के फल लदे हैं, वह झुकी जा रही है। काश वह नीम बेहोशी से निकल पाती, कोई उसे प्यार से झकझोरता। दवा-दुआ असर करती।

लदे फल टूट कर बिखर जाते तो वह ख़ुद को हल्का महसूस कर पाती। मैं चाहती हूँ, वह हर चरमराती कुर्सी को निकाल फेंके घर से, वह चरमराहट को नज़रंदाज़ कर उस पर कभी नहीं बैठे।

आज छह महीने बाद मैं और माँ बालकनी में बैठे हैं। कैनेडियन लिली की ख़ुशबू के बीच उफ़ सी झमाझम बारिश मानो गर्म घी की धारें बह रही हों, कुछ भी दिखाई नहीं दे रहा है। अचानक बारिश की धार हल्की और धीमी हुई और एक धूप चटक कर माँ के मुख पर फैल गई। एक हल्की सी नरम, भीगी धूप। टकाचोर की आवाज़ सुनकर आज माँ चौंकी भी नहीं, बस मुस्कुरा कर रह गई। यह एक जादुई लम्हा है जो बड़ी दुआ और कोशिशों के बाद आज नसीब हुआ है मुझे। वह बिल से निकली है और केंचुल भी ढीली पड़नी शुरू हो गई है। दूर कोई निर्गुण क्यों गा रहा है?

17
थोड़ा-सा सुख

तुम पांचालीमेडू गई हो मालविका?

नहीं!

पांचालीमेडू के तालाब में द्रौपदी नहाती थी।

अच्छा।

यह कहकर मालविका बाथरूम की तरफ भागी। उसने जल्दी से स्नान किया और लगभग भागती हुई बस स्टॉप पर पहुँची। आठ बजे की बस छूट गई तो वह ऑफिस में लेट हो जाएगी।

उसका सुबह-सुबह बॉस की फटकार खाने का बिलकुल मन नहीं है।

वह भागते हुए बस स्टॉप पर पहुँची। उसकी दाएँ पाँव की चप्पल टूट गई है। वह सड़क के दूसरी तरफ देखती है।

नीम के पेड़ के नीचे अभी-अभी एक मोची आकर बैठा है। वह चप्पल हाथ में पकड़े तेज़ी से सड़क की दूसरी तरफ भागती है।

मोची चप्पल सिल रहा है। वह उसे चप्पल सिलता हुआ देख रही है। मन में बच्चों की परीक्षा, सास की दवा, पति का शुगर लेवल घूम रहा है। तभी अचानक एक ख़ुशबू उसके आस-पास तैर गई। उसके भीतर कई कोमल कलियाँ अचानक से चटक उठीं। उसने सिर उठाया। एक अधेड़ उम्र का आदमी बगल की लेन से गुज़र रहा था। उसने जाते हुए उसकी पीठ और उसका कद देखा।

तभी ज़ोर से किसी ने आवाज़ लगाई। कोई पीछे से चिल्ला-चिल्लाकर पुकार रहा था, 'राघवन ...राघवन।'

वह अधेड़ आदमी मुड़ा और धीरे से मुस्काया।

मालविका उसे देखती रह गई।

तभी मोची ने आवाज़ लगाई, 'हो गया, मैडम।'

मालविका ने चप्पल पहनी, मोची को रुपया थमाया और सड़क की दूसरी तरफ भागी। उसकी बस आ गई थी।

वह झट से बस में आकर बैठ गई और खिड़की से उस व्यक्ति को देखने की कोशिश करने लगी जो बस स्टॉप के सामने की लेन में टहल रहा था। उसे वह वहाँ नहीं दिखा। बस झटके के साथ आगे बढ़ गई।

हर दिन का यही रूटीन। बस के झटके, तरह-तरह के पसीने की गंध। शाम में यह गंध और तेज़ हो जाती है, फल-सब्ज़ी, माँस-मछली और पसीने की गंध आपस में घुल-मिल जाती है। पसीने में नहाए स्कूल और कॉलेज के बच्चे। पसीने में नहाए कर्मचारी, पसीने में नहाए मज़दूर, पसीने में नहाई छोटी-बड़ी जगहों पर काम करती स्त्रियाँ।

उस शाम पसीने की गंध में लिपटे बस में जैसे ही मालविका बैठी, उसके भीतर उस अधेड़ आदमी की ख़ुशबू फैल गई। अब बस की गंध उसे बेचैन नहीं कर रही थी।

उसने कितनी बार अपने पति को कहा कि वह अच्छे डियो या सेंट का इस्तेमाल करे, मगर उसे यह फ़िज़ूलख़र्ची लगती रही है।

वह अधेड़ था मगर उसने कितने सलीके से कपड़ा पहन रखा था। उसकी सुगंध, उसका कद, उसका चेहरा और उसकी हँसी।

उसके भीतर वह अधेड़ एकदम से हलचल मचाने लगा।

हर सुबह जब काम पर जाने के लिए मालविका बस पर बैठती तो खिड़की के पास की सीट के लिए अतिरिक्त फुर्ती दिखाती। उस आदमी को टहलता हुआ देखती और गहरी सुकून भरी साँस भरती मानो उसकी देह की गंध को भीतर उतार रही हो।

तीन महीने बीत गए। जिस दिन भी वह व्यक्ति मालविका को नहीं दिखता, उस दिन उसका मन बेहद उदास हो जाता था। उसके मन में तरह-तरह के विचार आते... 'कहीं वह बीमार तो नहीं हो गया। कहीं वह दूसरे पार्क में टहलने न लगा हो।'

एक बार वह अधेड़ एक हफ़्ते तक मालविका को नहीं दिखा। वह बहुत उदास हुई।

अगले हफ़्ते उसका मन किया कि वह ऑफिस न जाए और जॉगर्स पार्क की बेंच पर जाकर बैठ जाए। जब तक वह न आए तब तक वहीं बैठी रहे। लोगों से पूछे कि वह आदमी जिसका नाम राघवन था, जो रोज़ सुबह आठ बजे यहाँ टहलता था, वह कहाँ है? पर वह ऑफिस और घर में क्या जवाब देगी? यह सोचकर उसने ऐसा नहीं करने की ठानी और बस पकड़कर बैंक आ गई।

पूरे दिन के बाद, बैंक में अतिरिक्त कामों को निपटाकर जब वह बस स्टॉप पहुँची तो साढ़े पाँच की बस निकल चुकी थी। वह साढ़े छह बजे की

बस पकड़कर जब घर के पास वाले बस स्टॉप पर पहुँची तो उसने क्या देखा कि वह आदमी पार्क की सड़क पर टहल रहा है।

वह बस से उतरते ही लगभग भागते हुए पार्क पहुँची और पार्क की बेंच पर जाकर बैठ गई, मालविका बेंच पर बैठकर उस आदमी को बड़ी देर तक निहारती रही। उस आदमी ने चालीस मिनट में सड़क के सात चक्कर लगाए।

मालविका उसे अनवरत देखती रही। हर बार जब वह पास से गुज़रा तो उसके शरीर की सुगंध मालविका के चारों तरफ तैर उठी।

मालविका का फ़ोन लगातार बजता रहा। मगर वह सबकुछ से बेख़बर उसी में खोई रही।

वह आदमी टहलने के बाद उसके बगल में बैठकर थोड़ी देर सुस्ताया, फिर उठकर अपनी कार की तरफ बढ़ गया।

उसकी कार पश्चिम की तरफ बढ़ गई।

उस आदमी के जाते ही मालविका झटकते पाँव के साथ पूरब की तरफ भागी।

फिर फ़ोन आया।

उसका पति चीख रहा था, 'कहाँ रह गई? दस बार फ़ोन लगाया। उठा क्यों नहीं रही थी। शाम बीत चुकी है। रात ढलने को आई है।'

मालविका ने फुटपाथ पर से गजरा मोला। जूड़े में सजाया। मीठी मुसकान के साथ घर लौट आई।

बच्चे, पति, सास सब उसके चेहरे पर फैली रौनक से विस्मित हैं।

मालविका के भीतर मीठा संगीत बज रहा है।

18
दृगा लिखती हैं

दृगा लिखती है।

दृगा गाँव आई है। गाँव, अपने पति के घर...

दिन भर बैठे-बैठे किताब पलटती है, कलम तोड़ती है, काग़ज़ काला करती है। कामचोर कहीं की...

सास कहे, पति सुन बैठ-बैठ मुस्काए।

जब हैंडपंप चलाती है तो सिर पर से आँचल सरक-सरक जाता है। सलीका ही नहीं माथे पर आँचल रखने का। निर्लज्जता देखो इसकी...

श्वसुर कहे पति सुन-सुन मुस्काए।

यह सब सुनकर दृगा का कलेजा छिल-छिल जाता है।

रात का एकांत और देह की गंध में उमड़ते कामना-जनित प्रेम के बाद पति अक्सर दृगा से कहता है :

तुम मेरी रानी हो...

एकांत में उसकी संगी-साथी छिपकली द्दगा से पूछती है :

पति तुम्हें क्या-क्या देता है ?

ख़मीर लगे आटे की तरह ज़रा-ज़रा-सा फैलती और सुगबुगाती हुई वह कहती है :

कपड़े, गहने, भोजन...

छिपकली पूछती है :

क्या वह तुम्हारे छिले-कलेजे को मरहम भी देता है?

द्दगा नम आँखों से छिपकिली को देखती है। फिर वह अपने अनावृत देह पर कपड़े डालती है और डिबिया जलाकर किताब पढ़ने लगती है। पति कामना-तृप्त गहरी नींद में सोया है।

द्दगा पति के साथ शहर आती है। पति के नाम से एक घर है।

पति कहता है :

तुम रात-दिन पढ़ती-लिखती रहो बस ...

बेटा चीखकर कहता है :

सुबह समय से ब्रेड-बटर भी नहीं मिलता।
पति सुनता है।

बेटी चीख कर कहती है :

आपकी कविता-कहानी जला देने का मन करता है, माँ।

पति सुनता है, वह पति जो पिता भी है।

पति कहता है :

दो पैसे नहीं इस लेखन में, फिर भी इसमें घुसी रहती है।

दृगा दौड़ कर रसोई में जाती है। बच्चे और पति मोबाइल देख रहे हैं। वह थोड़ी देर में आलू-भरी पूरी और रायता बनाकर लाती है।

वह पांडुलिपि समय से भेज नहीं पाती है।

कौवे रसोई की खिड़की पर आते हैं, वह दोपहर का भोजन बना रही है चावल और दाल..

कौवा पूछता है :

देर से क्यों जगी?

वह हाथ धोते हुए कहती है :

रात भर लिख रही थी।
कौवा चोंच हिलाकर और आँख फैलाकर पूछता है :
पति ने नहीं बनाया नाश्ता?
वह कौवे की गोल काली आँखों को देखती है और चुप रह जाती है।
नाश्ते के बचे आलू के परांठे से एक टुकड़ा उसे देती है।
वह उड़ जाता है।

फिर परांठा खाकर पूछता है :

बच्चे क्या देते हैं?
वे त्याग करते हैं।
कैसा?

समय का, जो उनका समय होता है, मैं पढ़-लिख कर गुज़ार देती हूँ। समय से खाना-पीना नहीं बना पाती। नाराज़ रहते हैं।

कौवा पलटकर पूछता है :

वे समझते हैं तुम्हारा दुःख?
द्दगा कहती है :
मैंने उन्हें नहीं बताया।

कौवा मुँह खोलकर पूछता है :

सब बातें बतानी ही होती हैं?
उड़ता हुआ कौवा चीख कर पूछता है :
वे जले कलेज पर मरहम लगाते हैं?
द्दगा इस प्रश्न को सुनकर भी अनसुना कर देती है।
द्दगा मायके आती है।
माँ बेटे-बेटी में फ़र्क करती है।

वह कहती है :

माँ यह ग़लत है।
माँ नहीं सुनती है।

वह कसकर कहती है :

माँ यह ठीक नहीं है।
माँ फिर भी नहीं सुनती है।

वह चीखकर कहती है :

माँ यह ठीक नहीं है।

माँ पलटकर जवाब देती है और उसका हाथ खींचकर उसे घर से बाहर कर देती है।

वह बाढ़ में बहती है, मरू में तपती है, जंगल में डरती है।

पति और बच्चे, माँ के बनाए खाने की प्रशंसा करते हैं। उसके कुशल गृहिणी होने और दृगा के असफल गृहणी होने की तुलनात्मक व्याख्याएँ तेज़ और तीव्र हो जाती हैं।

कोई दृगा से कुछ नहीं पूछता है।

मकड़ी गुसलखाने की दीवार से लगकर रो रही दृगा से पूछती है :

माँ क्या देती है?

वह कहती है :

कपड़े, भोजन, गहने, नेग।

मकड़ी फिर पूछती है :

मरहम देती है?

दृगा आँसू पोंछकर ग़ुसलख़ाने से निकल जाती है और रसोई में आटा गूँथने लगती है।

कब्बन पार्क में एक दिन :

मित्र आया।

सुनो! तुम्हारे साथ अपनी तस्वीर फेसबुक पर पोस्ट नहीं करूँगा। सभी लेखक-लेखिकाएँ तुम्हारे विरोधी हैं। वे अगर जान गए कि तुम मेरी दोस्त हो तो वे सब मुझसे नाराज़ हो जाएँगे।

द्दगा का कलेजा ज़रा-सा और छिलता है।

टकाचोर पूछता है द्दगा से :

यह दोस्त तुम्हें क्या देता है?

द्दगा ने धड़ककर डूबते शाम की काह और आह उदासी में झाँकते हुए कहा :

मैं अपना दुःख उससे कहती हूँ, वह अपना दुःख मुझसे कहता है।

टकाचोर ने फिर पूछा :

तुम उसे दुःखी करने वाले के लिए कौन-सा भाव रखती हो, द्दगा?

द्दगा ने एक उदास, भीगे और मुरझाए बैंगनी फूल को सहलाते हुए कहा :

उदासीनता का...

टकाचोर ने फिर पूछा :

वह तुम्हें दुःखी करने वाले के प्रति?

द्दगा ने कहा :

दोस्ती का। उस दोस्ती को बचाने के लिए, मुझसे किसी भी तरह जुड़ा नहीं है, का नाटक करता रहता है सार्वजनिक और आभासी दुनिया में।

टकाचोर बोला :

तो तुम उन लोगों से क्यों दुःख पालती हो जो उसे दुःखी करते हैं?

उसका दुःख मुझे छूता है। वह दुःख मुझे अपना लगता है। विषाद के क्षण में उस हर इंसान से विरक्त हो जाती हूँ जो उसे दुःख देता है और उनके प्रति उदासीनता से भर जाती हूँ, उनसे दूरी बना लेती हूँ। ठीक है या ग़लत, नहीं जानती हूँ।

टकाचोर बोलता है :

वे तुम्हारे दोस्त से वैर करते हैं, तुमसे तो नहीं। तुम उनसे जुड़कर आगे बढ़ सकती हो। वह भी ऐसा कर रहा है। तुम्हें दुःख देने वालों से प्रेम जता-बता दिखाकर... तुम्हारे साथ अपनी तस्वीर फेसबुक पर नहीं लगाता है। तुम्हें दुःख देने वालों के साथ अपनी सौ तस्वीर लगा रखी है।

द्दगा बोली :

उसका जो मन करे वह करे। मैं उसके वैरियों से जुड़कर मित्र को और दुःख क्यों दूँ?

टकाचोर ने पूछा :

क्या वह मरहम लाता है?

उदास द्दगा एक झटके में उठती है और कब्बन पार्क से बाहर निकलकर सेंट्रल लाइब्रेरी में बैठ जाती है।

शाम का समय...

छिपकली आती है और कहती है :

मैं तुम्हारे साथ हूँ, द्दगा! तुम ख़ूब पढ़ो-लिखो। अगर तुम्हारा मन रसोई और घर के काम में नहीं लगता है तो न लगे, जिस काम में लगता है वही करो। सभी कुशल गृहणियाँ बनने के लिए जन्म नहीं लेतीं, उस दौड़ में दौड़ने की ज़रूरत ही नहीं जो तुम्हारी नहीं है। खप जाओगी मगर जीत नहीं पाओगी।

जो तुम्हारा रास्ता है, उसी पर धैर्य से चलते रहो।

द्दगा के कलेजे पर हल्का सा मरहम लगा।

कौवा कहता है :

द्गगा रात दिन एक की हुई हो, किसी को नहीं दिखता
मुझे तुम्हारी कोशिश पर नाज़ है।
द्गगा के कलेजे पर और मरहम लगता है।

मकड़ी धीरे-धीरे आती है, उसके सिर से उतरकर नाक तक आती है और कहती है :

समानता की बात करते रहना, द्गगा। गैरवाजिब कोई कहे, करे, गलत है।

द्गगा के घाव पर दवा लेप गया है कोई।

दूर कहीं से टकाचोर उड़कर आया है और पास बैठ गया है। टकाचोर बोलता है :

वह दोस्त नहीं है, तुम उसकी दोस्त हो। वह तुम्हारा दुःख सुनता भर है, तुम उसका दुःख समझती भी हो।

तुम बहुत प्यारी हो, द्गगा!

द्गगा के घाव पर पट्टी बँध जाती है। वह उठकर घर के भीतर आ गई और काग़ज़ पर शब्द खनकाने लगी। सूरज डूबकर उसके सिरहाने पर फैल गया...

हर किताब, वह सब जो लिखा उसने, पति, सास, श्वसुर, माँ, बाप, भाई, बहन, दोस्त, बच्चों को समर्पित कर देती है... मगर ये सब तरह-तरह से छीलते हैं, कोई मरहम नहीं लगाता है।

अगली किताब उन छिपकलियों, गिलहरियों, मकड़ियों, कौवों और टकाचोरों के नाम – जो दिल पर मरहम लगाते हैं और स्वयं के नाम – जो स्वयं के साथ डटकर खड़ा रहा है इस सफ़र में...